偽《ぎ》双《そう》の補助線

花丸文庫BLACK

藍生 有

偽《ぎ》双《そう》の補助線　もくじ

偽双の補助線 007
放課後の偽双 211
あとがき 223

イラスト／山田《やまだ》シロ

偽双の補助線

月曜日の朝は、いつにもまして活気がない。盛合和歩《もりあいかずほ》は教壇から静かな教室全体を見回した。

暑さも和《やわ》らいだ十月、窓から差し込む陽射しと風は心地いい。しかし二年三組、和歩が担任を務めるクラスの生徒たちは、大体がつまらなそうに俯《うつむ》いたり、眠そうな顔をしたりしていた。欠伸《あくび》をしている者までいる。その様子が教壇から丸見えだと思ってもいないのだろう。

教師になって六年、担任を持って三年目。朝のだるそうな生徒たちの様子には、すっかり慣れた。

和歩は眼鏡の位置を直すと、白衣の胸ポケットからペンを取り出し、出席を確認していった。廊下側の一番後ろの席だけが空いている。ペンを持つ手に力が入った。

「高平《たかひら》」

念のため声をかけた。もちろん、返事はない。

また欠席か。心の中でそう呟《つぶや》いてから、和歩は出席簿の高平新《あらた》という名前の横に、チェックをつけた。先週は彼にしては真面目に登校していたが、はたして今週はどうなるだろうか。

「あとは全員いるな」

返事はない。クラスの誰も、高平新という生徒が休んでいることを気にしていなかった。

いつもと言いたくはないが、これがこのクラスのごく普通の光景だ。

何度も探りをいれているが、クラスで高平に対するいじめはないようだ。進学校として名を知られているこの学校には、いじめをするほど他者に関心を持つ生徒などごく少数だった。他人にかまって自分の時間を使うのはもったいない、その時間があれば好きなことをやる。そんな生徒が大半を占《し》めている。個人主義といえば聞こえはいいが、クラスの連帯意識というものは皆無だ。

「朝はここまで」

特に連絡事項もなかったので朝のホームルームを終わらせた。

職員室に戻っている時間はないので、廊下で一時間目の開始を待つ。今日は隣の二組で授業だ。化学Ⅱの教科書と出席簿を重ねて持つ。ペンは白衣のポケットにしまった。

壁際に立っていると、一人の生徒がのそのそと歩いてくる。遅刻だというのに焦《あせ》る様子もない。その上、和歩の前を無言で通り過ぎようとするので顔をしかめた。

「おい、挨拶くらいちゃんとしろ」

顔を確認する。一組の生徒だ。和歩を見て、一瞬だけ面倒くさそうな顔をしたが、案外と素直に口を開く。

「はーい。おはよーございますー」

間延びした声で言った生徒の、しわが寄った大きめの制服の背中を眺《なが》める。急ぐ様子が全《まった》くないのも困ったものだ。しかしまあ、この学校の生徒らしいともいえる。

　高校のみの私立校の中では全国トップクラスの進学校。そう評されるこの学校は男子校で、その自由な校風でも知られている。細かな校則はなく、欠席が多くとも試験の成績が悪くなければ進級はできる。

　唯一あるのが、制服だ。昔は制服すらなかったのだが、数年前に生徒側からの提案で作られることになった。制服があれば毎日の洋服を考えなくて済むというのが主たる理由で、保護者の賛成も多かった。自由な校風を誇《ほこ》りに思っている年配の教師陣は嘆《なげ》いているが、それも時代なのだろうと和歩は思っている。現に制服は必須《ひっす》ではないが、ほぼ全員が身に付けていた。

　がらっと音を立てて二組の前のドアが開く。出てきたのは、和歩より十歳年上のクラス担任だ。

「はい、じゃあ交換」

「よろしくお願いします」

　お互いのクラスの一時間目を担当しているので、出席簿を交換する。

　各クラスのホームルームが終わったのか、廊下がざわめき始めた。あと三分で授業が始まるというのに、教室を飛び出した生徒たちはどこへ行くのか。

「おはようございます」

二組の出席簿を眺めていると、すぐ近くで声をかけられた。

「おはよう」

反射的に返してから、その声の主に気がついた。

「おい、高平」

「……はい」

少しの間を置いて振り返ったのは、二年一組の高平初《はじめ》。和歩のクラスにいる高平新の、双子の兄だ。二学期から生徒会長を務めているため、校内では会長と呼ばれている。

いつも柔らかな笑みを浮かべていて、人当たりがいい。教師陣の信頼は厚く、真面目すぎずノリがいいその性格から生徒にも人気がある。

「高平……新は今日、どんな感じだった？　途中からでも来そうだったか？」

ごくたまにだが、高平新は午後から登校してくることがある。それを期待しての問いだったが、高平初はあっさりと首を横に振った。

「今朝は顔を合わせてないので分かりません」

「そっか」

「すみません」

高平初はそう言って頭を下げた。

「いや、いいんだ」

自分よりほんのわずかにだが上にある顔を見つめる。双子というだけあって、高平兄弟はよく似ていた。すっきりとした目鼻立ちは美形と評するにふさわしい。特に兄の初は、かけている黒縁の眼鏡が知的な印象を強めていて、制服を着ていても大人びてみえた。弟は兄より少し猫背だったなと思い出しながら、ところで、と声を落として続けた。

「どうしてあいつは、来ないんだろうな」

欠席の理由を、和歩は高平新に何度も聞いている。その度《たび》に返ってくるのは、いつも同じ答えだ。

「よく分からないんです……」

眼鏡の位置を直しながら、高平初は新と同じ回答を口にした。本人に分からないことは兄にも分からない、ということか。

「ご心配おかけして申し訳ありません。明日は登校するように言いますので」

「ああ、頼むよ」

はい、と頷《うなず》いた高平初の肩を叩《たた》く。一礼して彼は廊下を歩いて行った。

チャイムが鳴る音が響く。和歩は教室のドアを開けた。ざわめいていた教室が静かになる。一週間の始まりだ。

月曜日は授業がほぼびっしりあって慌《あわ》ただしい。帰りのホームルームを終えてからも、今日一日の気になったことや提出物のチェック、更《さら》に来週の小テストの問題作りと仕事はいっぱいあった。

休み時間を使って何度か高平家に電話したものの、誰も出なかった。留守番電話に返事をくださいとメッセージを残したが、これまで一度も返事が来たことはない。今回も期待はできないだろう。高平の両親は仕事が忙しくて殆《ほとん》ど家にいないと初から聞いてはいるが、それにしても子供が心配ではないのかと聞きたくもなる。いくらなんでも放任がすぎるだろう。

また高平新の欠席が続くようであれば、家庭訪問をすべきかもしれない。夏前に訪れた時は効果があったことだし、と考えながら和歩は一日分の授業のまとめと明日の準備を終えた。

「お先に失礼します」

学校を出たのは七時半だった。校門から駅までは徒歩五分、そこから二駅先に和歩は住んでいる。

整備されたメイン改札ではなく、ホームの端にある小さな改札口を出た。目の前は古い商店街だ。そこの入口近くにある弁当屋へ立ち寄る。

「いらっしゃい。いつものでいい？」

母親と同世代の店主とは、店に通う内になんとなく顔見知りになっていた。

「はい、お願いします」

考えるのが面倒で店主おすすめの日替わり弁当を買っている内に、いつもそれだと覚えられてしまっている。

「おまたせ。おまけだよ」

袋の中には弁当だけでなく、ほうれん草のゴマ和えのパッケージが入っていた。

「いつもすみません、ありがとうございます」

会計を済ませて店を出る。歩きだしてから、弁当の中身を聞き忘れたことを思い出した。まあなんでもいい。口に入れれば同じだ。

商店街を抜けて通りを渡った二本目の角に、和歩が住むマンションがあった。

「おかえりなさい」

マンションの管理室から声がかかる。

「こんばんは」

このマンションに和歩が引っ越してきたのは五年前だ。当時からいる管理人は初老の男性で、共有部分の管理だけでなく、クリーニングや荷物の受け取りなども代行してくれてありがたい。

「盛合さん、これ」

「ありがとうございます」

宅配ボックスにお届けあり、と書かれたメモを受けとる。管理人室横のボックスを開け、中に入っていた小さな段ボールを取り出した。注文していた本だった。

段ボールを片手に持ち、メールボックスを開けた。ダイレクトメールと投げ込まれたチラシばかりだ。まとめて手にして、エレベーターを待つ。

すぐやってきたエレベーターに、中年女性が乗っていた。

「こんばんは」

「……こんばんは」

知らない人ではあるが、すれ違う時に挨拶をしておく。笑顔なんて意識しなくとも簡単に作れる。

愛想を良くして損をすることなんて、この世にないと和歩は思っていた。誰だって、接する相手が仏頂面《ぶつちょうづら》より笑顔の方がいいはずだ。挨拶しても返事がないことは多いけど、気にしていない。自分がしたいから挨拶する、それだけだ。自己満足でいい。そうしてこれまで、生きてきたのだから。

エレベーターが六階に停まる。角から二番目が和歩の部屋だ。鍵を開ける。室内の空気はこもっていて、夏ほどではないが蒸し暑い。

リビングのテーブルに買ってきた弁当と携帯電話を置く。換気のために窓を開け、スーツを脱いだ。ハンガーに吊《つ》るして消臭スプレーをかけてから、出勤準備を整える。朝の時間を短縮するための習慣だ。

冷蔵庫から水を取り出して口に含む。ほんの少し喉《のど》が痛い。明日は少し大きな声を出すのを控えよう。

食事をしようかとテーブルにつく。携帯電話がぶるぶると震えてメールの着信を教える。誰からだろうと確認すると、弟だった。もうすぐ母親の誕生日なので、一緒にお祝いをしようという内容だ。

分かった、とだけ返事をしておいて、カレンダーを見る。母親の誕生日は今週の土曜日だ。

正月以来、実家に顔を出していなかった。夏休みも今年は帰らなかったから、そろそろ顔を出しておくべきだろう。今週末は三連休だからちょうどいい。

ここから実家までは電車で小一時間の距離だった。しんと静まり返った部屋に一人でいると、実家の賑《にぎ》やかさがほんの少しだけ懐かしくなってくる。

和歩は五人兄弟の三番目で、兄と姉と妹と弟がいた。それに両親、父方の祖父母という九人家族で生まれ育った。部屋は兄と弟と一緒。家の中にはとにかく誰かが必ずいて、一人でいる時間など皆無だった。

大学入学と同時に家を出たのは、自分だけの空間が欲しかったからだ。生活費を自分で稼《かせ》ぐ毎日は楽ではなかったが、それよりも自由を手に入れた喜びが大きかった。

現在の実家は、両親と祖母、妹と弟が住んでいる。近所には結婚して独立した兄と姉がいて、よく顔を出しているようだ。

兄弟の中で最も実家と疎遠になっているが、別に仲が悪いわけではない。ただ、和歩がなんとなく周りに気を遣いすぎて疲れるだけだ。一人でいるのは楽でいい。時々ほんの少しだけ、寂《さび》しいけれど。

テレビを点《つ》け、ちょうど流れていたニュースを見ながら、弁当の蓋《ふた》を開けた。今日の弁当のメインは焼鮭だ。あとは肉じゃがに、高野《こうや》豆腐の煮物、付け合わせの野菜。これにおまけでもらったほうれん草のゴマ和えを、順番に食べていく。

濃すぎず、薄すぎず、ちょうどいい味だ。たぶんおいしい、のだろう。

昔から、和歩は食べることにあまり興味がなかった。実家の生存競争は激しかったが、兄や弟のように奪い合ってまで何かを食べたいと欲した記憶はない。口に入って、栄養がとれればそれでよかった。うまいまずいは、和歩にとってこだわる部分ではなかった。

静かに食事を終えると、シャワーを浴びる。読みかけの本をベッドに持ち込み、数行読んだだけで、和歩は眠さに負けた。

「おはようございます」

和歩が校門をくぐるのは、毎朝午前八時ごろ。この時間帯はまだ生徒の姿が少ないが、火曜日だけは別だ。

正門の横に立って挨拶をしているのは、高平の兄である初と、生徒会の役員たちだった。

「おはよう」

一人ずつ顔を確認する。生徒会による挨拶運動は、今年の夏から始まった。きっかけは著名な経営者である卒業生の講演会だった。全校生徒が出席したその会で、この学校の卒業生は入社しても挨拶ができない者が多いと嘆かれた。教師から見てもそれは事実だったが、高校でそこまで指導するのはどうかという意見があり、特に注意もしていなかったのだ。

講演会の後、生徒会長になったばかりの高平初がこの運動を立ち上げた。以来、毎週火曜日の朝は生徒会の役員が自主的にこうして門の前に立って挨拶をしている。たまに顔ぶれは変わっているようだが、高平初は必ずいた。

真っ直ぐ背を伸ばし、すべての生徒に声をかける。それを三十分も繰り返すなんて、朝から重労働だろう。

「早くからお疲れさま」

声をかけてから、教職員用の出入り口へ向かう。入ってすぐのところにあるロッカーで靴を履《は》き替え、鞄を手に階段を上がった。

「おはよーございます」

廊下を歩いていると、たぶん一年生と思われる生徒がぺこりと頭を下げた。

「おはよう」

照れくさそうな生徒に笑いかける。どうやら生徒会の活動は、少しずつ浸透してきているようだ。特に一年生は素直にやっている気がする。

職員室は各学年の担任ごとに固まっている。二年の担任席にある自席につくと、和歩はまず今日の授業の準備を整えた。その間に、続々と周りの教師が出勤してくる。

八時十分。準備を終えた和歩はメモを手に立ち上がり、職員室の隅《すみ》にある電話の前に立つ。

電話をするには少し早い時間だが、高平初が登校しているのだから、家族は起きているだろう。出勤前ならいいのだがと期待して高平家に電話をかける。

「……」

しかし、誰も出なかった。名前を名乗り、折り返しお電話くださいと告げて電話を切る。

そうしている内に教職員の朝礼が始まった。連絡事項を確認し、出席簿を手に教室へ行く。

「失礼します」

後ろからやって来た高平初は、そう声をかけて和歩を追い抜いていった。廊下にいる生徒にも挨拶をしていくその姿に、何故《なぜ》か頑張《がんば》れと言いたくなった。

チャイムが鳴ってすぐ、二年三組の教室へ入る。

「おはよう」

室内を見回し、最後に廊下側の一番後ろの席を見た。高平新は、今日も登校していなかった。


水曜日は、昼休みの短縮とロングホームルームがあるため、十五分早く授業が終わる。職員室に戻って一息ついたら、学年ごとに行われる会議だ。

二年の会議は、職員室の上にある小会議室で行われる。十人も入れば満杯の空間に、各組の担任六人と学年主任、副担任各一人が集まった。

「それでは学年会議を始めます」

進行役の主任がそう言った時、ドアが開いた。入ってきた教頭と目が合って、和歩は曖《あい》味《まい》に微笑《ほほえ》んだ。年中着ているベストがトレードマークの教頭は、鋭い眼差しで室内を見回し、空いていた席にファイルを置いて座る。

学年会議は担任を主とした実務担当が集まるものなので、何か特別な議題がなければ教頭が来る必要はない。だが今の教頭は、ほぼ毎回、二年の会議にくる。

「まずは連絡から」

学年主任が知らせる提出物の期限をメモにとる。今週は特に重要事項はなかった。

「以上です。さて、何かお知らせはありますか」

誰も口を開かず静かになる。ここで何もなければ、情報交換と称した雑談で終了だ。しかし今日も、そうはいかないだろう。

「ひとついいですか」

沈黙を破るのはいつだって教頭だ。和歩は心の中でため息をついた。また長くなるだろうか。胃の辺《あた》りがむかむかする。

「盛合先生のクラスは、高平弟がまた休んでいるようですな」

教頭の目は和歩に向けられた。

「……はい」

今週に入ってから、高平新は一度も登校していない。家に電話をしているが誰も出ず、連絡するようにと書いた手紙を高平初に渡すかと考えているところだ。

「今週はまだ登校してないなんて、おかしいとは思いませんか」

呆《あき》れたような口調に、神妙に頷くのが精一杯だった。前に笑みを浮かべていたら、にやにやするなと一喝《いっかつ》されたせいで教頭の前ではうまく笑えない。

「来月頭には模試があります。彼には必ず参加してもらわないと」

教頭は鼻息荒く言い切った。高平兄弟は二人とも成績がいい。特に兄の初は学年首位をいつも争っているし、弟の新も成績だけでいえば上位だ。特に数学の成績は飛びぬけている。

「まあ高平弟は、一年の時からこうですから」

学年主任が助け船を出してくれた。

「そうやって甘やかすから不登校になるんでしょう。いいですか、今の二年生は、一人も退学者を出していない、実に優秀な学年です。模試の成績もよく、進学実績も期待できる。このまま卒業まで、問題なくやってください」

ぐるりと室内を見回した教頭は、最後に念を押すように和歩を見た。

言いたいことを口にできたのか、教頭は時計を見て、では失礼、と立ち上がる。

小会議室から教頭が出ていくと、空気が一気に和んだ。顔を見合わせて、なんとなく全員が笑い合う。

「盛合先生のところは大変ですね」

学年主任が明らかに同情を含んだ声で言った。

「ええ、まあ」

去年までの教頭は、ここまで口出しをしなかった。そもそもこんな風に、模試の結果がどうのなど口にもしなかった。

今の教頭はとにかく張り切って何か結果を出そうとしている。二年生の担任を持つ教師の中で二十八歳の和歩は最年少で、教頭も色々と言いやすいのだろう。この学校の卒業生が多い男性教師の中で、和歩が違う学校出身というのも影響しているのかもしれない。

「しかし、高平弟には困りましたな。あの家は親も放任ですから」

副担任が腕を組んだ。彼から去年も高平に関しては同じように苦労したと聞いている。それでも高平は成績がいいので進級できた。

「保護者とも連絡がとれていないので、近い内にまた、家庭訪問をしたいと思っています」

一度だけ訪ねたことがある高平家を思い出す。屋敷といえそうな大きな家で、和歩を迎えてくれたのは家政婦だった。父親には会えたけれど、新の不登校という事実すら知らなくて、困惑したのを鮮明に覚えている。子供の教育に熱心な親が多い学校なので、あそこまで無関心な親に会ったのはあれっきりだ。

「それにしても、双子であんなに違うもんですかねぇ」

副担任は高平初の担任教師に顔を向けた。

「兄は無欠席なんでしょう?」

「皆勤ですね。自主的に挨拶運動もして、頑張りすぎているくらいですよ。あいつもまあ、しっかりしているようでちょっと抜けてるところもありますが」

一組の担任は苦笑いしながら、初はたまに頼んだことをころっと忘れるのだと言った。

「高校生なんだからそれくらいでいいんですが」

「そうよ、あんまり完璧でも気持ち悪いわ。まだ十六、七の子なんだから」

四組の担任を持つベテラン女性教師が頷いた。和歩もその意見に賛成だった。

「難しい年頃ですからね。……じゃあ、今日はこの辺で」

学年主任の一言で、会議はお開きになった。

ぞろぞろと小会議室を出て職員室へ戻る教師たちを見送り、会議室の椅子と机を元の位置に戻す。改めて荷物を持つと、ため息がひとつ、出た。週に一度のこの会議はいつも和歩の胃を痛くする。

職員室へ戻ったら、また高平家に電話してみよう。この時間は家政婦も帰っているのかきっと誰も出ないだろうけど、と考えながら、廊下を歩いた。

日が沈むのが早くなった気がする。オレンジに染まった廊下を歩いていると、反対側から歩いてくる人影が見えた。

「まだいたのか」

本を抱えた高平初だった。

「はい、ちょっと図書館に。もう帰ります」

「気をつけてな。……っと、そうだ、高平」

すれ違いかけたところで足を止める。電話よりもこっちが確実だ。

「なんでしょう?」

人当たりのいい笑顔が向けられる。

「土曜日、ご両親は家にいるかな? またちゃんと、お話したいんだけど」

なんのことで、とは言わない。それでも初は察したのか、分かりました、と言った。

「もしかするといないかもしれません。確認しておきます」

「頼むよ」

一礼した高平が教室の方向へ歩きだす。乱れのない制服に、ぴんと伸びた背中。いかにもな優等生だが、年相応の部分もあるらしいとさっき聞いて少し安心した。

教師としては真面目な生徒が扱いやすいけれど、あまり出来すぎた高校生というのも寂しいものだ。それに本人だって疲れるのではないかと思う。少なくとも、自分が十七歳だった時はそうだった。

高校二年といえば、和歩が進路を理系に決め、なんとなく教師になろうと思い始めた頃だ。当時の担任だった直嶋《なおしま》という教師は、まだ若くて頼りなかったが、いつも親身に和歩の話を聞いてくれた。彼のおかげで、和歩は望んだ通りの大学生活を送れたのだと思う。あの時は、どうしても一人で住みたくてたまらなかった。いつも誰かの目がある生活に、和歩は疲れていたのだ。

和歩が自分の性的指向に気がついたのは、中学校の時だ。兄と弟が隠しもせず部屋に置いていた本に興味を持てなくて、不安と焦りでいっぱいだった。でも兄が入手したAVを見た時、女優ではなく男優に目がいったことで分かった。自分が知りたいのは女でなく、男の体なのだと。

だがごく平凡な中学生だった和歩にとって、その現実は重たかった。兄と弟の性的な会話にもうまく加われず、自分は異端であるという思いに押しつぶされそうだった。いつか兄か弟に自分が異性に興味がないことを暴《あば》かれてしまうのではないかと不安にもなった。

とにかく家を出たい。進路の第一希望がそれだった和歩に対し、直嶋は現実的に無理のない方法を一緒に考えてくれた。

直嶋に対する気持ちは、教師に対する憧《あこが》れという言葉ではくくれないものだった。無事に大学生になってからも何度か高校を訪問して顔を合わせたが、その度に彼へ惹《ひ》かれた。だけど和歩は、何も伝えられなかった。自分の気持ちをきちんと整理できていなかったせいだ。——今なら分かる。直嶋は和歩の初恋の相手だ。

直嶋は和歩が大学を卒業する頃、学校を辞《や》めて彼の実家がある岐阜《ぎふ》へと戻ってしまった。

今も岐阜の高校で教師を続けている。やりとりは年賀状だけだが、結婚して子供がいることも知っていた。

自分の進む道を見つけてから、もう十年。和歩は一人で、それなりに毎日を生きている。

職員室へ戻ると、明日の授業の下準備をした。七時になり、周りの教師たちも帰り支度を始める。和歩も手早く机を片付けて席を立った。

「お先に失礼します」

「お疲れさま」

残っている教師たちに声をかけて職員室を出る。廊下を進んだところで、ばったりと教頭に会ってしまった。

「……お先に失礼します」

仕事はちゃんとしている、だから引け目を感じることはない。そう思っても、じろりとこちらを見る眼差しが痛い。

「……お疲れさん。頼んだよ」

何を、とは言わない。だけどそれが高平のことだというくらい分かる。

「はい」

頭を下げてから、そそくさと荷物の置いてあるロッカーへ向かった。

これまで和歩は、校内では誰とでもうまくやれていると思っていた。教師だけでなく事務方とも、敵を作らずにやれている。ただ今の教頭だけは、どうにも苦手だ。

二十八年という人生の間で、合わないタイプに出会ったのは当然ながら初めてのことではない。これまでは近寄らずにいればどうにかなった。しかし今回は相手が目上で無碍《むげ》にできず、向こうから近づいてくる傾向があるから厄介《やっかい》だ。

ため息が出そうになるのを堪え、靴を履き替えて外に出る。吹いた風はひんやりとしていた。もうすっかり秋だ。

混雑する電車に揺られ、最寄り駅に着く。

なんだかすっきりしない。こんな時は、ストレスを発散するに限る。

自宅に戻って、まずシャワーを浴びた。準備を整えて駅へと戻る。混雑する電車とは反対方向に乗って、ターミナル駅へ。

まだ人が多い時間だ。賑わう駅前を進み、だらだらと歩く集団を追い抜いて、神社のある角を曲がった。

空気が変わるのを、肌が感じ取る。ここは同性愛者が集まる場所だった。似たようなビルが立ち並ぶ中、迷わずに通りに面した目当ての店のドアを開けた。

メンズオンリー、と書かれた横長の金属プレートが揺れる。

「あら、久しぶり」

中に入ってすぐ、声がかかる。店長が軽く手を上げた。

「こんばんは」

ざっと店内を見回す。見知った顔はいなかったので、カウンターに腰かけた。

「いつものでいい？」

「ええ、お願いします」

店長は頷いて、ナッツの入った小皿をくれた。

カウンターに手をついて、深く息を吐く。ここは同性を性的な対象にする男たちの社交場であり、出会いの店だ。この周辺には、似たコンセプトの店がたくさんある。

客層は若めで落ち着いている。どちらかといえば初心者向けで、あまりがつがつしていない。この雰囲気が和歩は好きだった。大学生になった時、初めて入ったのがこの店で、それ以来の付き合いだ。

店選びは難しい。この周辺にはたくさんあるが、和歩の場合、卒業生と会わないよう、予備校が近くにある店には行かないと決めている。万が一にも店内で会ったらその時で、お互い様と開き直るしかないだろう。まだその経験がないのは幸いだが、いずれ起こりうることだ。

そのため、この辺りに来る時は、学校ではかけている眼鏡を外していた。髪も撫《な》でつけていないので、印象はかなり違うはずだ。

運ばれてきたグラスを持ち上げる。音を立てて氷が揺れた。和歩はこの店でいつもジンライムを頼む。かき混ぜないのが好みだ。口に含むと爽《さわ》やかさの後に苦みがやってくるのがたまらない。

グラスを置き、さりげなく店内を見る。視線が絡んだのは知らない男で、和歩は目を伏せた。

もやもやと自分の内に溜まったものを発散したい。ひと肌が恋しい。そんな時にも、この店はちょうどいい。

顔も分からぬ相手と体の関係を持つ、というのが和歩は苦手で、即物的な店に行くのは腰が引けた。だから欲望を手っ取り早く解消するためには、こういう店に来るしかない。何度か寝たことがある相手がいれば、誘おう。そう決めた和歩が再びグラスに口をつけようとした時だった。

「あ、和歩だ」

鼻にかかったような声に名前を呼ばれて、顔を上げる。

「久しぶりだね」

小柄な男が隣に座った。和歩が口を開く前に、勝手に注文をした。

「ナオ……」

彼の名前を口にしたのは、たぶん二年ぶりだ。

ナオとは一年半ほど付き合っていたことがある。お互いの家を行き来し、和歩にしてはかなり真剣だったのが、ナオの浮気が原因で別れた。

「ありがと」

注文したグラスを受け取ったナオは勝手に乾杯をしてきた。グラスを口に運ぶ姿をちらりと眺める。

色が白く、大きくて丸い目と赤い唇をしている。金色だった髪は落ち着いた色になっているが、それでもかなり明るい。デニムにTシャツという格好のせいもあってか、三十をとうに過ぎているのに、二十八歳の和歩よりも年下に見えた。

「ねぇ、あれから携帯の番号を変えた？」

ナオが体を寄せてきた分だけ離れ、和歩は黙って頷いた。別れた時に携帯電話の番号もアドレスも変えた。和歩なりのけじめだ。

「じゃあ連絡くれればいいのに」

「何故？」

グラスを口に運ぶ。ライムの味がよく分からなくなってきた。

「えー、何その言い方。冷たいなぁ」

媚《こ》びるような口調にため息をつく。ナオは腕をくっつけてきた。

「お前は相変わらずだな」

「変わんないでしょ。まだ和歩が好きなのも変わってないよ」

首を傾《かし》げて上目遣いをされた。

このあざとさが、年上なのにかわいいと思っていた。だけど今は、面倒という気持ちが先に立つ。

どうせ誰にだって、いい顔をする男だ。

付き合っている時は、それなりにうまくやっていたと思っていた。だけどナオは和歩に隠れて浮気三昧《ざんまい》だった。

それを知った時に受けた心の傷を治すのに、和歩は一年かかった。それだけのトラウマを植え付けた男の、何を信用できるというのか。

「ね、今日は俺と遊ぼうよ」

太ももに手を置かれ、耳元に囁《ささや》かれる。こんな仕草にころっと騙《だま》されていた過去の自分に言えるなら言いたい。こいつのすべては計算で、演技だと。

ナオは小柄で童顔、明るく笑う。和歩の好みのタイプだ。

この男に、初めて好きになった担任教師の直嶋を重ねていた自覚があった。ナオと呼ぶ度に胸が高鳴っていたのも事実だ。だからもう好意はなくとも、無碍にできない。またため息が出る。今日はついてない。ジンライムを飲んだら帰ろう。

「お前とは二度としない」

たぶん、できない。その言葉を口にするのはプライドが邪魔をした。

別れた直接の原因は、ナオと他の男がセックスしている場面を和歩が見てしまったせいだ。衝撃の余り固まった和歩の前で、ナオは艶《なま》めかしく腰を振り続けながら、和歩に混ざるか、と聞いた。我に返った和歩は、その場から立ち去った。胸がむかむかしてたまらなかった。

それからしばらくは脳裏にその瞬間がフラッシュバックして、勃《た》たなかった。あれ以来、和歩は恋人という存在が作れずにいる。

思い出しただけで胸が痛くなり、和歩が俯いた時、だった。

「何してんの」

不意に目の前が暗くなった。すぐ横に男が立っていると分かり、頭を上げる。

「お前……」

こんな場所で見るはずがない顔に瞠目《どうもく》する。細身のジャケットに身を包んだ、大学生風の男。だがその顔に見覚えがありすぎだ。

そこにいたのは、高平新だった。こうして見るととても高校生には見えない。

「誰？」

ナオの手が肩に置かれる。

「これは、その……」

何故ここに高平がいる。未成年のくせにこの店に出入りしているのかと問い詰めたいが、それにしては今の状況はまずい。

どうすればいいのか。心音がやけにうるさくなる。

「それはこっちの台詞なんだけど。お前、誰だよ」

高平がナオを見た。二人の視線は非友好的だ。何かが飛び散っている。

「和歩、趣味が変わった？」

ナオは疑っている。それも当然だろう、高平は和歩の好みではない。和歩は必死で考えた。ナオが何か面倒なことを言いだすより前に、とりあえずここは高平に合わせて店を出てしまうのはどうだろうか。

ちらっと高平を見る。彼は明らかにこの状況を楽しんでいる感じだ。

「そうかもな」

グラスを一気に飲み干して、立ち上がった。店長に向けて支払いのサインをして、札を置く。

「じゃあな。……行くぞ」

高平に顎《あご》で外を指す。

「え、ちょっと和歩、待って」

ナオを無視して、店を出る。迷惑がかからないように脇の空き店舗前まで移動した。

「どこいくの？　手をとるなんて積極的じゃん、先生」

「うるさい」

摑《つか》んでいた手を離し、その場で腕を組んだ。

「未成年のお前がなんでこんなところにいる」

「そっちこそ、この店で何をしてたのかな」

店の看板を指差して、高平が笑った。だけど目だけは、何か探るような色を浮かべている。

「俺のことはいい。お前、学校も休んでおいてこんな場所に来てるのか」

高平も自分と同じく、同性愛者なのだろうか。それならば相談に乗れることもあるはずだ。

「まあね。ちょっと人恋しい感じだったから。——先生も相手、探してたんだろ」

「違う」

顎に伸ばされた手を払うと、肩を竦《すく》められた。どちらの仕草も慣れているのが腹立たしい。まだ高校生のくせにと心の中で毒づいた。

「じゃあなんであんなとこにいたのかな、先生」

「……」

自分よりほんの少しだけ上にある顔が、近づいてくる。

何故。どうして。

疑問を口にする間も、目を閉じる暇《ひま》もなかった。高平は和歩から目を離さず、口を押しつけてくる。

「んんっ」

ぴったりと重ねられた唇は、熱く柔らかかった。久しぶりの感触に、肌が粟立《あわだ》つ。

「何をっ」

する、と続くはずだったのに、その言葉を飲み込まれた。

熱く濡《ぬ》れたものが、口内に入ってくる。いきなり仕掛けられたキスに、和歩は抵抗できなかった。その場に固まっている間に、舌で歯列をなぞられ身体を震わせてしまう。

舌を吸い上げられ、歯を立てられた。濡れた音が脳内に響く。こんな舌は嚙《か》んでやる、と思ったところで顎が摑まれ、固定される。

逃げることもできない。開かされた唇の中を辿《たど》り、喉の奥まで探られる。頰の裏を舐《な》められるくすぐったさに身をよじっても、逃げられない。

貪《むさぼ》られる、とはこういうことをいうのか。ねちっこいキスが続く内に、腰の辺りにじんわりとした熱を覚えた。久々のその感覚に焦る。まずい、体が昂《たかぶ》りだした。

「っ……う……」

傍若無人《ぼうじゃくぶじん》に暴れる舌に翻弄され、目の前が白くなっていく。震えが抑えられない。少しでも離れようともがいても、腰に手を回されて引き寄せられた。

膝《ひざ》が崩《くず》れる。高平に抱えられないとふらついてしまう。密着した肌から、はりつめた感触が伝わってくる。

やっと唇が離れ、空気を吸えた時、自分が酸欠になっていたのではないかと思えた。それくらい、目の前が揺れている。

「すげぇな、あれ」

「この場でやっちまいそうじゃん」

はやしたてる声で我に返った。いくらそういった店が多いとはいえ、ここは人が通る場所だ。

「…っ、離せっ」

腕に力を込め、わずかに緩んだ腕を突き飛ばす。大げさによろけた高平は、軽く頭をかくと、じゃあ、と笑った。

「行こうか」

「……俺は帰るぞ」

付き合いきれない。濡れた口元を手で拭《ぬぐ》う。とんだ辱《はずかし》めだ。周りの人間に見られないように顔を伏せる。

「どうやって?」

「……」

高平の手には、和歩の鞄があった。財布と携帯電話、それに家の鍵が入っている。ないと帰れない。

「おい、返せ」

「俺について来たら返してやるよ」

行くぞ、と和歩の腕を掴む。それを振り払うと、高平は和歩の鞄を軽く持ち上げた。

「これ、いいの？」

いいわけがない。にやにやと笑っている高平と鞄を交互に見る。校内でいつも俯いている彼とはまるで別人のような笑い方だ。

「くそっ」

隙《すき》を見て奪い返すしかなさそうだ。一旦は従うふりをして、和歩は高平と並んで歩きだした。

高平は迷うことなく奥へと進んでいく。少しずつ周囲に人がいなくなり、やがて見覚えのある通りに出た。ホテルが並ぶその道には誰もおらず、奇妙なほど静かだ。

「ここでいっか」

高平が角にあるホテルの前で足を止めた。隣のホテルから男二人が出てきたが、顔を伏せたまま足早に去る。和歩も彼らを視界に入れないようにした。それがこの周辺での暗黙のルールだ。

このホテルは男同士でも入れると、彼は知っているようだ。周囲を気にすることなく中へと入る。

ぐずぐずしている方が見られる確率が上がる。和歩も続いた。

エントランスにあるパネルを見上げた高平は、慣れた様子で部屋を選ぶ。

「部屋には行かないぞ」

料金を払おうとしている高平の隙をついて、和歩は自分の鞄に手をかけた。

「なんで」

だけど高平は和歩の鞄を抱えこんでしまう。

「生徒となんてできるか！」

思わず大きな声になってから、慌てて近くに誰もいないのを確認する。その様子を見て高平はにやにやと性質《たち》の悪い笑みを浮かべている。

「いいじゃん、禁断の関係って感じで。ほら、二階の部屋、行くぞ」

衝立《ついたて》で乗り降りが分けられたエレベーターのボタンを押した高平は、ものすごく楽しそうに和歩の鞄を抱きかかえた。

「……おい」

「学校にばらされたくないなら、素直にやろうぜ」

「ほら、来いよ」

ほら、と腕を引っ張られて、エレベーターに乗り込む。

「そのために登校するのか？　バカも休み休み言え」

はは、と高平は声を立てて笑った。

「先生さ、分かってないみたいだけど。俺は別に、退学になったって平気。でも先生は、立場的にまずくない？」

高平が口元を歪《ゆが》める。脅《おど》すつもりか。眉を寄せて睨《にら》み返す。ここで負けてはいられない。

「辞める生徒がそんなことを言い残しても、信じてもらえるとは限らないだろう」

口にしてから、辞めるなんて生徒に対し教師として言ってはいけないことだと思った。だけど高平は気にも留めず、じゃあ、と楽しそうに言う。

「俺からじゃなくて、初から言わせたらどうなる？」

高平兄の名前に、和歩は凍りついた。

「あいつなら信憑性《しんぴょうせい》あるんじゃね？　ああ、俺が初に泣きつけばいいのか」

それはまずい。よく考えなくても分かる。高平初は、教師の信頼も厚い生徒会長だ。もし彼が、高平の言葉を信じて学校に訴《うった》えたらどうなるか。和歩を特に目の敵《かたき》にしている教頭がどんな対応をするか。

血の気が引くと同時に、目の前にいる自分のクラスの生徒が腹立たしい存在だと再認識する。

鞄を取り返す隙を伺《うかが》う間もなく、エレベーターが三階に着いた。ランプが点滅している部屋のドアを高平が開ける。帰ろうにも鞄は彼の手にある。逃げられないと分かっていても、中へ入ることに躊躇《ちゅうちょ》した。生徒とホテルの部屋に入るというのは、越えてはいけない一線ではないか。

「とにかく来いよ。中でやろうぜ。ここだと目立つだろ」

わざとらしく掲げた鞄を手に脅された。仕方なく、間接照明でやたらと雰囲気のある部屋へと足を踏み入れる。さっさと奥のベッドに腰かけて鞄を脇に退《の》けて足をぶらつかせる高平に、ため息をついた。

「仕方ないな」

脅されているのだ、こうするしかない。ただ問題はまだある。特に大事なことが、ひとつ。

「お前に勃つか心配だが」

はっきり言って、高平は和歩の好みのタイプにかすってもいない。和歩は小柄で童顔の男が好きだ。そんなかわいい男を組み敷き、泣きながら喘《あえ》ぐ姿を見ると興奮する。だがベッドに腰かけているのは、自分より背が高く、まだ成長しきってはいないが既に男っぽさを漂わせている高平だ。

こんなタイプを相手にしたことはないが、見た目は悪くないからどうにかなるかもしれない。そう思ってベッドへと近づく。

「はぁ？」

だがベッド近くに立った途端、手を引っ張られて倒された。ぐるりと視界が回る。

「俺に勃つか心配？　何を言ってんのかな、先生」

くすくすと作った笑いが落ちてくる。伸《の》し掛《か》かってきた高平に目を丸くした。

見下ろす視線に宿るのは、火傷《やけど》しそうな熱だ。

「もしかして、お前……俺を、抱くつもりなのか？」

そんなことはありえないだろうと思いながら、問わずにいられなかった。だって彼の視線は、あまりにも熱すぎた。

「当然。そっちこそ、ホテルに連れ込まれておいて、俺をやるつもりだったのかよ」

「俺はそっちが向いてない。無理だ」

年相応に色々としてきているが、抱かれる側は未経験だ。求められて何度か試みたことはあるが、どんなに優しくされても体が受け付けなかったのだ。

「お前がそういうつもりなら、断る」

立ち上がろうとした体を押さえつけられる。下腹部に跨《また》がってきた高平に抵抗を封じられた。ただ乗っているだけに見えるのに、動けない。どうすれば人を押さえこめるか、高平はよく知っているようだ。

手首を摑まれ、ベッドに押しつけられた。和歩にできる精一杯の抵抗は、睨みつけることくらいだ。

「逃がすかよ」

見下ろしてくる視線に、熱がこもっているのが分かる。それが何を求めているのか、同じ男だからこそ和歩には分かってしまう。これは雄の目だ。

高平は、組み敷いた和歩に欲情している。蝶の標本のようにシーツに縫いとめられた和歩を、獲物として見ている。

和歩は体から力を抜いた。闇雲にもがくのをやめ、逃げる隙ができるのを待つことにした。高平に好き勝手にされるのはごめんだ。しかし同じような体格では、まともに戦っても体力を消耗するだけだろう。

「……先生、割と好みなんだよ」

指が伸びてくる。その瞬間がチャンスだった。和歩は高平の下腹部に膝を入れた。手加減を全くせずに。

「っ……いてぇ」

膝立ちの高平が崩れ落ちる。和歩はそのまま起き上がり、鞄を手にとって部屋を出ようとした。

「おい、暴れるなよ」

だがドア付近で捕まり、後ろから抱きしめられる。両手首を強く摑まれ、手にした鞄が床に落ちた。

「離せ。おい、やめろ」

高平の手には、ホテルのバスローブについていたひもがあった。高平は器用にそれで和歩の手首を縛《しば》っていく。身をよじり肘《ひじ》を入れて抵抗しても、高平は有無を言わさぬ力で手首を拘束《こうそく》し、ベッドへと引きずっていく。

「やめっ」

「折角《せっかく》、優しくしてやるつもりだったのに。ぶち壊したのは先生だからな」

シャツを破るような勢いで外される。結んだ手首の辺りまで脱がされて、いっそう動きづらくなった。

「へぇ、結構いい体してるけど、鍛えてんの？」

胸元を指が這《は》いまわる。答えずに唇を嚙んでいると、高平の手がベルトにかかった。

「こっちはまだ無反応だ」

下着だけを残して、下肢《かし》を脱がされた。あまりにも慣れた手つきが生意気だ。

「さて、かわいがってあげますか」

年下の、しかも自分のクラスの生徒にそんなことを言われ、和歩は屈辱《くつじょく》に唇を嚙んだ。

そもそも、リードされるのは苦手だ。最初の頃はともかく、今ではずっと、自分が主導権を握るセックスしかしてこなかった。

高平は、和歩の胸元を撫でまわした。指にひっかかった突起を軽く引っぱられる。

「乳首は感じないの？」

「感じない」

即答する。それは事実だ。今もただくすぐったいだけだった。

「もったいねぇな。すげぇいい体してんのに」

高平はそう言うと、和歩の下肢に手を伸ばした。

「こっちは……？」

下着の上から撫でられ、そこにどく、と熱が回る。触られて反応するのは仕方がない。

和歩は自分にそう言い聞かせた。

「結構でかいな。……しかも、かなり使いこんだ色してる。これでどんだけの男を泣かせたのかなー」

薄ら笑いを浮かべて、高平は和歩の昂《たか》ぶりを下着から取り出した。

「お、大きくなってきた」

誰かに触られるのが久しぶりだから、と自分に言い訳した。高平は気分を良くしたのか、鼻歌を口ずさみながら、和歩の体を隅々まで撫でた。足を持ち上げてゆっくりと下着を脱がされる。

「やめっ……」

人の手に預ける、という初めての体験は和歩をおかしくした。脇腹に触れられただけで体温が上がる。

高平は男を抱くことに慣れていた。躊躇《ためら》いのない指先で分かる。

クラスの一番後ろの席、制服を着て背中を丸めている彼が、こんなにもいやらしく男を愛撫している。ありえない状況だと思うほど、昂るのは何故か。――理由なんてもう、考えたくない。

「先生がこんなにエロいとは思わなかった。学校じゃ性欲薄そうな草食系って感じなのにさ」

ごそごそと高平が身動《みじろ》く。お互いの昂ったものが触れ合い、腰の奥がいっそう重たくなった。

「……黙って、できないのか」

息が乱れているのを隠そうと、必死になりながらそう言った。

「先生の本性はこっち？」

耳元に囁かれる。背中を撫でる手のひらの感触に身震いした。

「どっちだろうな」

はぐらかしつつ唇を噛む。そうしないと、無意識の内に声が出てしまいそうだ。

「そんなに探られたいのかよ」

指が後ろに回る。普段は意識するはずのない場所に、触れてきた。濡れた感触で表面を撫でられ、眉を寄せた。やはりどうにも恥ずかしい。

慎《つつ》ましかったそこに指が埋められ、鈍い痛みに襲われる。体が強張《こわば》り、力が入ってしまう。

「もしかして、後ろは未経験？」

反応で気がついたのか、高平は指を抜いた。宥《なだ》めるように尻を撫でまわされる。

「うるさい。……俺はこっちではないと、言っただろ」

顔を背《そむ》けて答えた。

「処女なら優しくしてあげるけど」

どうする、と問いかけながら尻を揉《も》んでくる。

「そんな優しさはいらない」

どうせどんなに優しくされても、感じないのだ。それならさっさと終わらせて欲しい。

「なんだよ、ひどくされたいの？　じゃあ、指入れるよ」

「くっ」

ぴりっとした痛み。でも我慢できないほどではない。

指が何かに濡れているからだろう。異物感、と表現すべきだろうか。体の奥を拓《ひら》かされる、奇妙な感覚に包まれる。窄《すぼ》まろうとするところを押し広げられ、ありえない場所に空気が触れた。

「……ひっ」

窄まりに濡れた熱いものが触れて、目を見開いた。高く掲げられた足の間に、高平が顔を埋めている。何をしているのか。視線がぶつかり、高平は一度顔を離すと、見せつけるように唇を舌で舐めた。

「やめろ、そんな……」

再び高平の顔が、最奥へ寄せられる。後孔に触れているのは、舌だ。高平がそこを舐めている。やっと状況が分かって、和歩は慌てた。

そんな場所を舐めるな。締めつけて拒んでも潜りこんでくる動きに焦る。ぬるりとしたその感触は気持ち悪い。なのに……。

感じたことのないむずがゆさに体をくねらせた。体が燃えそうなほど熱い。自分の吐いた息すら刺激になって、頭を打ち振る。

「何がいやなんだよ。感じるくせに」

高平の手が和歩の欲望を握る。そこは既に先端から体液を溢《あふ》れさせていた。

「違っ……」

否定したいのに、勝手に腰が揺れてしまう。

「違わないって、先生」

「うっ、……やっ……ひっ」

太い指を埋められ、その場で体が跳《は》ねた。狭い場所を拡《ひろ》げられて苦しいはずなのに、体は勝手に昂っているから困る。

「今さ、先生って言葉に反応しただろ。生徒に犯されるなんて興奮する？」

言葉でも弄《いじ》られた。答えただけ調子に乗るのかと黙ってみたら、高平の息が最奥にかかった。

「ほら、見ろよ。ここに指を突っ込まれてるんだぜ」

後孔を押し広げられ、和歩は顔を歪めた。

「舌を奥まで入れちゃおうか」

「舐めるなっ……」

だが制止も虚《むな》しく、高平はそこへ、熱く濡れた舌を差し入れた。ぬぷっと音を立てて舌を出し入れされる。逃げたくてもがいた足を押さえられ、指と舌でそこを好き放題に弄られた。

内臓に直接触れられているようで気色が悪い。口元を縛られた手で覆い、和歩はのたうつ。こんなのはいやだ。そう言いたいけれど、ろくに声が出なかった。

「ううっ……」

気がつくと、指はすっかり体の内側にあった。粘膜を探るような動きに身を縮める。

「んっ、あぁ」

指が増えた。縁をめくっては押し戻される内に、そこが熱を帯びて柔らかく解れていく。

「ここに指が何本入ってるか、分かる？」

高平の問いかけが耳を通り抜ける。そんなこと分かるはずがない。すさまじい圧迫感のせいで息をするのもやっとなのだ。

「二本だよ。かなりきついな。さすが処女って感じ」

「ひぃっ」

これが気持ちいいなんて嘘だ。神経を直接弄られ、震えが止まらない。最奥を拡げられるに従い、力を失っていく昂ぶりにほっとする。やはり自分は後ろでは感じないのだ。高平は萎《な》えたそれを見て肩を竦めた。

「別にここ、使えなくてもいいか」

その一言に、和歩は覚悟を決めた。これは合意でのセックスではない。和歩が気持ち良くなる種類の行為とは違うのだから、痛くても苦しくても仕方がない。

「っあ……」

いきなり身体が跳ねた。高平の指が、内側のどこかに触れたのだ。

激しい感覚に襲われる。声が抑えられない。前立腺だと知識では分かっている。だけどこれまでは、こんなに感じなかった。触れられても痛みの方が強かったはず、なのに。

急に高みに押し上げられる。

知らない。こんな感覚、分からない。怖い。自分がどうなるのか分からない。

キスを受ける。強引な指とは違って宥めるような優しい舌に、意識を向けた。

「あんっ」

大きな声を上げてしまった。慌てて唇を塞《ふさ》ごうにも、その声は部屋に響いた後だった。

「かわいい声だったけど」

にやにやと笑いながら、高平は和歩の足を持ち上げた。

「ここ?」

楽しそうに腰を揺らし、和歩が声を上げてしまった部分を執拗《しつよう》に擦る。高平の慣れた動きが腹立たしい。和歩は唇を噛んだ。そうしないと、またいやらしい声を上げてしまいそうだった。

痛い。気持ち悪い。けれど……、何故だろう、身体の力が抜けていく。違和感や苦しさを上回る何かが、和歩の体を芯から揺さぶっていた。

「もういいよな」

高平に足を持たれ、さっきから散々指で蹂躙《じゅうりん》されている部分に、恐ろしく猛《たけ》った熱く硬いものが押し当てられる。縛られた腕の辺りでシャツが丸まっている以外、和歩は何も身

に付けていない。だが高平は、ジャケットを脱いで前を寛《くつろ》げただけだ。

「いった、やめ……」

異常な感覚だった。押し広げられ、体の内側に他人が入ってこようとしている。こんなの無理だ。体を固くして震えていると、大きな手が撫でてきた。

口づけられる。そのまま、高平は何度も何度もキスをした。それでも強烈な異物感はどうにもならない。

「……うっ……」

なんとか呼吸を整えたところで、高平が動いた。

「い、や……」

更にぐっ、と奥に入ってこられる。体が強張った。内壁をすりあげられ、痛みに呻《うめ》く。もうやめてくれ、と抗議するように足をばたつかせた。だが高平は口づけてきただけで、止めようとしなかった。そればかりか和歩の腰を掴み、奥まで押し込んでくる。

「痛くはないだろ?」

髪に指がかかる。宥めるように撫でられても困る。

「バカを言うな。……痛い」

「へぇ、痛いんだ。……ここ、萎えてないけど」

高平は和歩の昂ぶりを弾いて笑った。

「うるさい、……もう、や……」

情けない声しかでない。それでも力をこめて逃げようと少し伸び上がったら、肩を摑まれた。

「ひっ」

一気に奥まで穿《うが》たれる。死ぬ、と思った。体がばらばらにされ、壊れてしまう恐怖に震える。

無言で高平を見上げた。彼は和歩の両足を肩に担《かつ》ごうとしている。和歩自身の昂ぶりがこちらに向き体液を零《こぼ》していた。

「くっ……ひぃっ」

体が広げられる。裂ける、と思った。呼吸ができない。

必死で息をする和歩を気にもせず、ゆっくりと高平が動きだす。腰を抱えられ、浅いところから深くまでを、舐めるような速度で。

「ダメ、だ……。動く……な」

制止しようと睨みつけたはずなのに、体の奥で高平の質量が増したのがはっきりと分かった。

粘膜から熱さと硬さが伝わってくる。和歩は腰が浮いた情けない姿で、その屹立《きつりつ》に貫《つらぬ》かれているのだ。

誰かに抱かれるという行為は、こうして他人の熱を受けいれることなのだ。今頃になってはっきりと認識する。

「動かないセックスなんてないじゃん」

緩く腰を動かされた。少し馴染《なじ》んできたのか、痛みは散っていた。これくらいなら大丈夫、と詰めていた息を吐く。

だがそれも一瞬だった。和歩が力を抜いた一瞬のタイミングを逃さず、高平は昂ぶりの先端を使って、前立腺を押してきた。

「ひぃぃ」

屈辱的な瞬間だった。前立腺への刺激だけで達したかと思った。強すぎる快感にじっとしていられず腰を振る。

「……ここ、いい？」

「あぁ……、いやだ、ダメだ」

痛みと羞恥《しゅうち》に力を無くしていた部分が、再び熱を持ち始める。

おかしい。どうしてこんな、惨《みじ》めな格好で貫かれて快楽を感じるのだ。

「どうして駄目？　余計なこと考えないで、一緒に気持ち良くなろうって」

甘い誘いに、きつくきつく目を閉じた。

「駄目、だ……、変になる……」

衝動が止められない。思わず腰を揺らしながら、和歩は顔を覆《おお》い隠した。もどかしい熱が、体の中を駆け回る。解放を求めて暴れる。こんなの初めてだ。どうしていいのか分からない。

「なればいいよ。我慢なんてするな」
瞼《まぶた》の上に何かが触れ、薄く目を開けた。
ひどく真剣な顔をした高平が、和歩を見下ろしていた。

「あっ……」

高平が動き始めた。がつがつと腰を押しつける、容赦のないやり方だ。彼は目を眇《すが》め、凶暴な眼差しで和歩を内側から奪おうとする。
内部を擦られ、身体がくねった。理解不能の快感が和歩を呑《の》み込もうとする。抵抗もできない激しさが怖い。おかしくなりそうだ。
なんだか分からないものが、いろんなところから溢れてきた。おかしい。こんなのおかしい。処理できない感情と感覚で、頭の中がぐちゃぐちゃになる。

「ん、はぁ、……」

気がつけばお互いのリズムを合わせてしまいそうになっていた。慌てて動きを止める。

「なんだよ、続ければいいじゃん。楽しもうぜ、先生」

「おかしい、こんな……」

涙が零れた。確かに痛みはある。恥ずかしい気持ちも。でもそれを凌駕《りょうが》するのは、認めたくはないが快楽だった。

「おかしくない。あんたに気持ち良くなってもらいたくてやってるんだ、乱れてくれないと困る」

高平も息が荒い。その表情から、彼が興奮していることが伝わってきた。

「名前、呼べよ」

頬を包む、大きな手。優しい声。

「あんたにやらしく名前を呼ばれながらいきたいんだけど」

耳に入り込んでくる舌。舐めまわされ、もう和歩も堪えられなかった。

「高平っ」

そう呼んだ瞬間、頭の中に、教室で彼の名を呼ぶ自分が頭に思い浮かんだ。

生徒と、セックスをしている。教師としてやってはいけないことだ。そう思うとその背徳感に昂ってしまう。最低だ。

「違う。……違うって、名前で呼べって言ってんだ」

濡れた音がする。繋《つな》がった部分から、耳を塞ぎたくなるほど淫猥《いんわい》な音が。

ひとつに、なっている。こんな風に揺さぶられて、限界が見えてくるなんて絶対におかしい。

「くそっ、そんなに締めたら出ちまう」

高平の声が切羽《せっぱ》詰まったものになる。和歩は声も出せずに喘いだ。快感というには強烈すぎる刺激に包まれ、気がつけば熱が下肢へと集中していた。

「……っ、うっ……」

達した、と思ったのは、その瞬間が終わった後だった。

「はは、いっちゃった。後ろ使うの初めてなのに」

高平の服に、体液をぶちまけていた。一気に体から熱が引く。

「……っ……」

屈辱、だった。初めて後ろに男を受けいれ、性器への刺激なしに達してしまうなんてありえない。

「ほら、じゃあ記念撮影」

携帯電話のレンズを向けられ、一瞬動けなかった。

「やめろっ」

フラッシュが浴びせられる。せめて顔を映されないようにと、咄嗟《とっさ》に顔を背けた。

「残念、もう撮ったよ。ほら」

ディスプレイを向けられても、見る気はなかった。目を閉じていると、顎に手がかかる。

「見ろ」

命令口調に薄く目を開ける。そこにはひどい格好をした自分がいた。

「……最低だ」

吐き捨てる。そんなものを撮っていいと許可した覚えはない。

「かもね。でも最低の生徒にやられて、感じてる先生はどうよ」

高平は携帯電話を放り投げると、全身を使って突き上げてきた。

「……や、めっ……」

壊される。教師としてやってきた自分も、男を組み敷いてきた自分も、生徒に抱かれて感じることで、粉々に砕《くだ》かれてしまう。

「ああっ」

揺さぶられている内に、唇が寂しさを覚えた。勝手に甘い声を紡《つむ》いでいた唇を引き締める。それでも足りない気がして、口を開いては閉じる。

和歩のキスへの渇望《かつぼう》を感じ取ったのか、高平が顔を近づけてきた。唇をぴったりと重ねただけで、全身を包む快感が強くなる。高平の指が胸元を彷徨《さまよ》い、やがて乳首に触れた、

「あうっ」

今まで感じたことのない甘い痺《しび》れに、声を上げる。嘘だ。ここは感じなかったのにと目を見張る。こちらを見ていた高平と目が合った。

「なんだ。乳首、感じるじゃん」

どれ、と顔を近づけてきた高平に、小さな突起が食《は》まれ、舐められる。

「はぅ」

乳首からの刺激に反応したのか、後孔の縁が熱を帯び、昂ぶりを包んで締めつけている。まるで誘うような反応が悔《くや》しい。

勝手に涙が出てきた。唾液も溢れてしまう。

「先生ももう一回、いけるだろ」

高平の手が、和歩の欲望に触れる。追い上げられ、爆発的な歓喜が和歩を襲った。信じられないほど高い場所に引き上げられ、一気に落とされる。

「っ、いくっ……」

「俺も、……全部、出す、からな……！」

高平の言葉の意味を、認識する余裕はなかった。次の瞬間、体の奥をしとどに濡らされる。熱い。擦りつけるような動きに粘膜が震える。

「先生に中出し、……たまんねぇ」

ああそうか、中に出されたのだ。快感と屈辱と惨めさと、いろんな感情が混ざりすぎて混乱する。

真っ白になったまま、手首を縛っていたひもが解かれた。けれど指に力は入らず、だらりとベッドに沈み込む。

足りない酸素を必死で取り込んでいると、髪に高平の手が触れた。

「すげぇいきっぷりだったけど、本当に処女だった?」

「……」

答える気力はなかった。久しぶりにしては激しすぎるセックスに、精も今も尽きた。

目を閉じて呼吸を整える。

生徒に抱かれた挙句、中出しまでされた。屈辱だ。とにかく早く後始末をしなくてはと考えてから、和歩は目を開けた。

「消せ」

「何を?」

高平が首を傾げる。

「分かっているくせに聞くな。さっきの写真だ」

シーツに転がっていた携帯電話に手を伸ばす。だが高平の方が先にそれを手にした。

「ああ、ハメ撮り? いいよ、ほら」

高平はそう言うと、和歩の目の前で画像を消去した。案外あっさりと消してくれたとほっとした和歩に、高平は追いうちをかける。

「でももう、自宅のパソコンに送ってあるけど」

高平はそう言って微笑んだ。

「お前っ」

シーツに手をついて体を起こす。彼の手にある携帯電話を壊しても、データがあるのなら無駄だ。

「それじゃなきゃわざわざ撮ったのに消さないって」

声を弾ませている高平を睨みつける。

「学校にばらされたくないだろ、先生、俺と仲良くしよう」

「……最低だ」

「怖い顔をしてるつもりだろうけど、やった直後で目は潤《うる》んでるし、正直そんなに迫力ないよ」

高平は笑いながら、和歩の頬に触れた。

「そうだなー、すげぇよかったから、またやらせてよ」

ちゅっ、と軽いキスをされた。微笑みながら、彼は表情とは裏腹に下卑《げび》た言葉を口にする。

「俺の性欲処理係になるのでどう？」

「……お前は本当に悪趣味だな」

露骨すぎる提案に顔をしかめる。

「自分でもそう思うよ。だけどま、男同士なら子供もできないし、楽でいいだろ。それに先生だって、男あさりしなくて済む。ギブアンドテイクってやつだ」

それだけ言うと、高平はわざとらしく舌で唇を舐めた。

「いいだろ、先生。約束してくれたら、俺は絶対に、先生のこと誰にも喋《しゃべ》らない」

約束。そう言って彼は、和歩の唇に触れるだけのキスをした。

「先生もキス、しろよ。俺との約束」

高平はわざとらしく舌で唇を舐めた。

「また勃つくらい濃厚なやつ。大人のキス、見せてみろよ」

「うるさい、……ガキが」

高平の首に腕を回し、いきなり舌を突っ込む。歯の形を確認するようになぞってから、唇の隙間に舌を出し入れする。腰の動きと同じように、浅く、深く。同時に頬を撫で包んでから、高平の耳を塞いだ。

「ん、ふっ……」

頭の中に水音が響くようにキスをする。高平の体がびくりと跳ねた。それに気を良くして、高平の舌を引っ張りだして、先端を噛む。

「……満足したか」

唇を離した。唇の周りが唾液でべとべとだ。

「まさか」

わずかにかすれた声で高平はそう返した。だがその目には、再び熱が宿っている。

「煽《あお》ったのはそっちだからな」

唸《うな》るように言い捨て、高平が伸し掛かってきた。投げ出していた足を広げられたかと思うと、まだ熱を持っていた後孔へ、欲望を押しつけてくる。

「くっ……いきなり突っ込むな」

「入っただろ、……くそっ、気持ちいい」

抵抗もなく受けいれた窄まりは、少し腫《は》れているようだ。熱を帯びたそこを擦られ、痛みと快感にのたうつ。

それからは無言で、お互いに貪りあった。荒い息と、肌がぶつかる音が室内を満たす。愛情などない。欲望を処理するセックスだ。

「先生、どうしたい？」

和歩がいきそうになると、高平の動きは止まる。

ねだらせたいのだろう。そんなところもまた子供だと思ったが、長引かせるのも得策とは思わなかった。

「さっさといかせろよ」

ほら、と腰を揺らす。

「ッ……なんだよ、その余裕」

こうすると自分も気持ちがいい。結果的に自分を追い詰めることになると分かっていても腰を揺らしてしまうのは、馬鹿なプライドのせいだ。

「はぁ、いいな、これ」

自分で扱《しご》いてしまおうと手を伸ばす。何度か指を上下させ、勝手に達してしまおうとした時、手は払い除《の》けられた。

絶頂寸前での足止めが辛くて、おかしくなりそうだ。

「っ、あぅ……」

気持ちが悪い。足の指先から甲を伝って、何かがじわじわと這いあがって来ている。

「ひっ、やめ、ああっ……！」

深くを貫かれたその瞬間、じわじわとしたものが明確な痺れに変わった。

「うわ、すげぇ……何その動きっ」

体が跳ねる。震えが止まらない。達したと思うのに、何も出ていない。目も口も閉じられず、ただ呆然《ぼうぜん》とその場に崩れ落ちる。

「先生、ドライでもいけんの？」

高平の弾んだ声が聞こえる。和歩はそこで、静かに意識を手放した。

暑い。

自分にまとわりつく空気が不快だ。はぁ、と自分の吐いた息で、和歩は目を覚ました。体がベッドに沈み込んでいる。指先までが重たい。

薄く目を開けた。天井の色がいつもより濃く見える。やけに室内の温度が高い。どうしたのだろう。欠伸をしてから体を起こし、ベッドから降りようとして、ここが自分の部屋ではないことに気がついた。

知らない部屋だ。和歩が寝ているのは大きなベッド。大きなテレビとソファセットがある。だけど窓がない。普通のホテルじゃないのは明らかだった。空調が切られているせいか、湿度が高くて汗が滲《にじ》んでいる。

何故こんなところにいるのだろう。ぼんやりとそう考えたのは一瞬だった。

「うわっ」

青ざめて飛び起きる。どうして自分がここにいるか。昨夜の記憶を辿らなくても、すぐに高平の顔が浮かんだ。

ベッドから出て立ち上がろうとして、腰に鈍い痛みを覚える。口元を手で押さえた。こみあげてくる吐き気のせいで涙が浮かぶ。

呼吸を落ち着かせていると、テーブルの上に一枚の紙を見つけた。電話番号と、メールアドレスが書かれている。誰のか、なんて考えたくなかった。

「嘘だろ……」

夢だと思いたい。だけど思えないことは、この状況が物語っている。体全体が重くてだるい。乱れたシーツに、乱雑にまとめられた服がある。下着ひとつ身に付けていない裸の自分。なにより、太ももには噛みついたような痕《あと》が残っている。

「……くそっ」

頭を抱えて髪をかきむしる。これまでの人生で最大の間違いを犯した。なんてことだ。相手は自分が受け持つクラスの生徒だ、寝ていい相手じゃない。――しかも、自分が抱かれる側になるなんて。

昨日の自分は本当にどうかしていた。できるならばすべてなかったことにしたいが、そうもいかないだろう。

残されたメモを手に取った時、目に入った時刻に目を丸くする。普段ならとっくに起きている時間だった。

まずい。まとめて放りだしてあった服はしわくちゃだし、そもそも学校に行ける格好ではなかった。

とにかく、帰ろう。立ち上がった瞬間、腰の奥に鈍い痛みが走った。少し遅れて、何かがどろり、と体から溢れる。

「あいつ……ふざけんな」

中に出されたのだ。彼が放った体液が、後孔から漏れている。太ももに伝うそれの感触に震えが走った。

このままでは帰れない。仕方なく、壁に手をつきながらバスルームに行く。一歩進む毎に流れ出てくる体液に目眩《めまい》を覚えながら、高平に毒づいた。

「普通、中に出さないだろ……」

セックスにコンドームは必須だろう。あいつには性教育が必要だ。

ベッドがあったところから丸見えのバスルームで急いで体を清める。自分の後孔に指を入れてかきだすのはかなり抵抗があったけれど、迷っている時間がなかった。機械的に処理し、髪と顔を洗う。

乱雑に水気を払って髪を乾かす。

もういい、とにかく帰ろう。メモを鞄に突っ込み、忘れ物がないよう確認して、部屋を出る。スムーズに出られたことから考えるに、一泊料金も支払い済みのようだ。

あの年で慣れすぎだろうと心の中で毒づきながら、ホテルを出た。やたらと青い空が恨めしい。

道路に倒れている酔っ払いを横目に、駅まで急ぐ。ちょうど来た電車に飛び乗った。まだ混雑が始まっていない車内のドアにもたれ、乱れた息を整える。次の駅で乗り込んできた男子高校生の後ろ姿が高平に似ている気がして、胸がざわめいた。

最寄り駅に着くと真っ先に電車を降り、自宅へと急ぐ。いつもならそろそろ家を出る時間になっていた。普段通る道を逆走しているのが不思議だ。

「おはようございます」

マンション前の植え込みを掃除中の管理人へ声をかける。

「おはようさん。忘れ物かい？」

ほうきを手にした管理人は、和歩の服がスーツではないと気がついていないようだ。

「ええ」

ちょうどエレベーターが一階にいてくれて助かった。乗り込んで一息つく。既に汗が滲んでいた。

部屋に着くと空気がこもっていた。換気する時間はない。適当なスーツにシャツを選ぶ。ネクタイはどこで結んでもいいから鞄に押し込み、靴を通勤用のシンプルな革靴に変えた。忘れずに眼鏡もかける。

慌ただしく家を出た。再び管理人に挨拶すると、頑張ってと励まされた。

駅まで急ぎ、なんとか間に合う時間の電車に乗る。普段より遅いせいか、同じ車内には生徒の数が多かった。

持っていた鞄を邪魔にならないように胸元に抱える。昨日の鞄をそのまま持ってきたから、スーツに合わないが仕方がない。

電車のアナウンスが降りる駅名を告げる。開いたドアから降り、早足で駅を出て校門を通る。

「おはよう」

挨拶をされるとそう返す。ずんずん歩きながらだったので、途中からは誰におはようと言っているのか分からない状態になっていた。

職員用ロッカーに鞄を押し込み、ネクタイを結ぶ。

「おはようございます」

いつもぎりぎりにやってくる一年生の担任の姿がやってきて焦った。ネクタイはうまく結べなかったけど、とりあえず形になったからいいだろう。

ロッカーを出て階段を上がる。和歩が職員室に着いてすぐ、朝礼が始まった。

校長と各学年主任の話を聞きながら、机の上にあるメモを確認する。欠席の連絡は入っていないようだ。

朝礼が終わると、出席簿と連絡用のノートを手に教室へ向かう。

「盛合先生、今日はどうしました」

廊下を出たところに、教頭が立っていた。和歩を上から下まで見て、眉をひそめている。

何かまずいだろうか。

「すみません、少し家を出るのが遅くなってしまいまして」

「感心しませんね。ネクタイが曲がっています。生徒の身だしなみを注意するにはまず自分からですよ」

冷ややかな視線に俯いた。全くその通りだ。今日の自分には、弁解の余地がかけらもない。

「……申し訳ありません」

素直に頭を下げる。教頭のため息が降ってきた。

「気をつけてください」

「はい」

和歩が頭を上げるのと同時に、教頭が背を向けて職員室へ戻って行く。二年の担任を持つ教師たちから同情の目が向けられた。

ほんの少し、服が乱れただけでこれだ。もし教頭がこの体に生徒に抱かれた痕が残っていると知ったらどうなったか。想像するだけで恐ろしい。

廊下をゆっくりと歩き、二年三組の教室前に着く。時計を確認する。あと一分でホームルーム開始だ。

「ほら、早く教室入れ。遅刻にするぞ」

廊下を歩いてくる生徒に声をかける。制服の生徒たちがドアの中へ吸い込まれていく、いつもの朝だ。

「一組遠いよー」

文句を言いながらも小走りになった生徒の後ろから、彼が来た。

「おはようございます」

高平新だった。和歩の前に立つと、口元をぎこちなく笑みの形にする。制服姿の彼は、昨日とはまるで印象が違った。

「お、おはよう」

これまでならば、彼が登校したことを素直に喜べた。だけど今は、それどころではなかった。

彼と肌を重ねていたのは、ほんの数時間前のこと。体の奥底がどろりと蕩《とろ》けたような気がする。それを意識しないようにして、顔を伏せた。

チャイムが鳴った。いつもならすぐに教室の中へ入る。だけど今日は、それができない。足が重たい。意味もなく白衣を握りしめる。

「先生にお話しがあります。昼休みでいいですか」

高平はそれだけ言って、一番後ろのドアから入った。すぐそこが彼の席だ。和歩の返事など待っていないのだろう。

廊下に立ちつくす。チャイムが鳴り終わった。手にしていた出世簿を強く握る。昼休み。その単語に恐ろしい響きが潜むのを感じながら、前のドアから教室に足を踏み入れる。

日直の合図で生徒が立つ。おはようございます、という声が揃《そろ》った。

「おはよう」

一息ついて、顔を上げる。生徒の顔を見るのに、こんなに勇気が必要だっただろうか。

「……全員いるな」

欠席者がいないのを確認し、機械的に連絡事項を読みあげた。高平の視線を一際《ひときわ》強く感じたけれど、気がつかなかったことにした。

どうしよう。和歩が一人になったのは四時間目のこと。五階にある化学準備室の椅子に座って頭を抱える。三時間目でやった実験の後片づけを終えたが、職員室に戻る気力がなかった。

またやらせて、と高平は言った。性欲処理係になるかとも。どこまで本気にとっていいのか分からないが、とにかく、彼と関係を持ったのは事実なのでなかったことにできない。

どうしたってため息しか出ない。もういい、高平と話をして、あれは間違いだったと丸めこもう。そう決めて、化学準備室に鍵をかけて白衣のまま職員室へと戻る。

四時間目の授業の終わりを告げるチャイムが校舎に響く。昼休みに入った途端、廊下が活気づいた。一階にある食堂に向かう生徒たちとすれ違いながら、階段を上がる。

二年の教室がある三階から、高平初が歩いてきた。軽く頭を下げて和歩の横を通り過ぎる。

立ち止まって振り返った。すれ違いざま、ちらりとこちらを見た目が、昨夜のそれと重なった気がして背筋に震える。

だが初は和歩に注意を払わず、近くにいた生徒たちと笑い声を上げた。いかにも高校生らしいその姿に、唇を引き結ぶ。これから向き合わなければいけないのは、初ではなく新だ。顔が似ているからといって、初に怯《おび》えてどうする。

「――ここにいたか」

二年三組の教室を覗《のぞ》くと、高平は自分の席に座っていた。やべぇ、という声と共に教室が不自然にざわめく。昼休みの教室、生徒たちが何かを隠したのが分かったけれど、それにはあえて触れないでおいた。

「先生、約束の件ですが」

高平は座ったまま和歩を見上げた。

約束。その一言で、顔がかっと熱くなった。唇が温もりを思い出す。

「ちょっと、……化学準備室まで来い」

とにかくここでは、誰に何を聞かれるか分からない。場所を変えるべきだろう。

「分かりました」

大人しく立ち上がった高平と共に、教室を出る。

廊下を歩く。背中が視線で熱い。そんなにじっと見なくたって逃げはしない。認めるのは悔しいが、今現在のところ、不利なのは自分だ。

化学準備室のある五階は特別教室しかないため、昼休みとはいえ生徒たちの姿は少ない。

「入れ」

さっき自分で閉めた鍵を開け、中へと導く。主に教師用の資料が置かれた狭い部屋で、めったに人が来ないから、聞かれたくない話をするには都合がいい。

「……おい」

鍵をかけておくべきか迷った一瞬で、後ろから抱きこまれていた。振りほどこうにも、回された腕は力強い。

「話があるんじゃなかったのか」

それでも、何でもないことのように聞いてみた。動揺していると悟られたくなかった。

「ある。……先生の体に」

耳にかかる吐息が熱い。あまりに急な展開についていけず、それでもさりげなく腕を解こうとする。ふぅ、と息を吐いた。ここで引いて流されたら駄目だ。

「なぁ、高平。昨日のことは忘れよう」

抱きしめていた腕が緩んだ。その隙に彼から離れて向き合う。へたに刺激をしないように、彼の目をじっと見た。

「どうして」

高平が眉を寄せて首を捻《ひね》る。

「お前だってばれたら色々とまずいだろ。お互いに秘密にしておこう」

「ばれたらまずいのは俺じゃなくて先生だろ。そうだ、昨日の写真を見たい？」

そう言って高平は、和歩に微笑みかけた。

「写真？」

「そう。……ハメ撮り」

高平はポケットから携帯電話を取り出すと、ほら、とそのディスプレイをこちらに向けた。

そこにいるのは、和歩だった。顔を背けてはいるけれど、自分だと分かってしまう。目は潤んでいて顔は赤く、口は半開きで唾液まみれとひどい様子だ。

しかも大きく足を広げている上に、下腹部には精液が飛び散っている。性器はまだ勃起しているし、腰を持ち上げられているせいで、下生えの奥、高平の欲望を根元まで飲み込んでうっすらと盛りあがった後孔の縁までが見えていた。

こんな写真を誰かに見られたら、和歩のすべてが終わる。

「よく撮れてるだろ」

嬉しそうにその写真を見ている高平から携帯電話を取りあげようとするが、その手を阻《はば》まれた。

「お前……消せと言っただろ」

パソコンに転送してあったものを、わざわざまた持ち歩く。その目的はなんだ。

「そうだったかな？」

のんびりとした口調で言いつつ、高平は携帯電話をしまうと、準備室の真ん中にある机に腰かけた。

「まあいいや、とりあえず、先生」

高平はどこか無邪気にも見える顔で、和歩に微笑みかけた。

「やらせて」

「はぁ？　おい、お前、……うわっ」

手を引っ張られ、バランスを崩す。次の瞬間、背中には痛みが走り、視界が白くなった。

ばたんという大きな音は、きっと廊下にまで響いたはずだ。

「……何を、する……」

何度か瞬くと、天井が目に入った。高平が伸し掛かってくる。どうやら机に押し倒されたらしい。

「誰か入ってきたらどうするんだ」

凄《すご》んでも声を抑えていては威力がない。分かっていても我慢できなかった。

「俺は別に構わない」

開けっぱなしだった白衣に高平の手がかかる。

「これ、汚してもいい？」

「駄目に決まってるだろ」

払い除けようとした手を掴まれた。高平の手は熱くて、このままだとこちらの体温まで上がってしまいそうだ。

「じゃあ、着たままするのは今度」

高平は和歩の白衣を脱がせようとした。抗《あらが》いながら問いかける。

「おい、本気なのか」

「もちろん」

高平は和歩の腰を抱き寄せると、一気に白衣を肩から脱がせた。昨日も思ったが、その鮮やかすぎる手つきが生意気なんだと心の中で罵《ののし》る。口にしないのは、ここで彼を怒らせると厄介だからだ。

「俺はまだ、やるとは言ってないんだが」

余裕を装って高平の体から離れた。

「ふーん。そんなにあの画像、ばらまかれたい？」

脱がせた白衣を畳んだ高平が、再び和歩の腰を抱いて机に組み敷いた。

「俺は別に構わないけど。先生のいやらしい画像が出回っても、それで先生がみんなに性的な目で見られても、別に関係ない」

ベルトに手がかかる。高平の手には迷いがなかった。

ここは学校だ。ばれたらとんでもないことになる。自分は間違いなくクビ、高平も退学だろう。それは困る。同性の生徒と関係を持ったことが原因で仕事を辞めさせられたら、再就職も厳しい。

つまり今自分がすべきことは、逆らわずに高平の言いなりになることだ。和歩の頭は打算的な答えを導きだした。抵抗して気づかれる確率を上げるよりは、黙って早く済ませたほうがいい。それにどうせ、彼とは一度しているのだ。何かが変わるわけじゃない。

「やるよ」

高平の宣言と共にベルトが外される。スラックスと下着に手がかかった。

「……お前が昨日、中に出しまくったせいで大変だったんだぞ」

素直にどうぞと言うのも悔しいので、わざとそう言った。高平の手が止まる。彼は軽く首を傾げて、大変、と繰り返した。

「中出しされると大変、か……」

何故そこで嬉しそうな顔をするのだろう。高平の思考回路が、和歩にはさっぱり分からない。

「いきなりゴム無しってマナー悪すぎるぞ」

「ああ、ゴムは持ってきた」

机の上にぽいっと投げ出されたパッケージと、高平の顔を見比べる。

「用意がいいな。そんなに俺とやりたかったのか？」

からかいを無視した高平は、下着ごとスラックスを脱がせた。これで和歩の下半身は裸だ。

今度はチューブ型のジェルを取り出した高平が、指先に絡めだした。和歩はその隙にと体を起こした。

「どこへ行く」

「足元が邪魔だから脱いで、鍵をかけるだけだ。こんな格好で逃げるかよ。……ばれたくないだろ？」

鍵をかけていないドアを示す。今この状態、誰かに見られたら一発でアウトだ。

「……俺がする」

濡れた右手はそのままに、高平は左手で鍵をかける。

「これでいいか」

「おい、……んんっ……」

返事をするより先に腰に手が回って、引き寄せられた。押しつけられた高平の腰から伝わってくる熱さに目眩を覚える。

唇が押し当てられた。柔らかなその感触に震えが走る。啄《つい》ばまれ、舌先でノックされた。それでも唇を閉じたままでいると、咎《とが》めるように後ろに回った彼の手が尻を揉む。

「お前、慣れすぎ」

「……先生だってここ、慣れてんじゃないの？」

高平は和歩の後孔に右指を伸ばす。ゆっくりと撫でられ、そこがいつもより熱っぽいと気がついた。もしかすると腫れているのかもしれない。かすかな痛みを訴えるそこへゆっくりと指を押し込まれて、和歩はたまらずのけぞった。

「本当に初めてだった？」

「……」

答えずにいると、首筋に吸いつかれた。ネクタイは緩められ、シャツはめくられて乳首まで丸見えだ。昨夜散々弄られた名残か、そこはいつもより赤くなっている気がする。

「指を締めてくる。早く挿《い》れたい」

言葉とは裏腹に、高平の左手は優しく耳の後ろに触れた。それだけで身体が跳ねる。首筋をまるで猫にするように柔らかく撫でられ、身をよじった。そうすると埋められたままの彼の指を締めつけてしまう。

こんなに優しく、大切なもののように扱われても困る。昨日のような荒々しさがあれば、勢いに流されて感じたと言い訳ができるのに。

「先生、かわいいな」

高平の声が肌をくすぐる。

「どこがだ」

自分が決して、かわいいと言われるタイプではないと分かってはいる。かといって別に男らしい容姿でもない。どちらかといえば線が細めで、抱きたい側の男に好まれる自覚はある。

だが和歩は、男にかわいがられるよりも、男をかわいがるのが好きなのだ。

「分かんなくていい」

高平はそれだけ言うと、和歩の胸元に顔を埋めた。鎖骨に髪が触れる。乳首にそっと吸いつかれた。

「う……」

昨日はあんなに感じたのに、今はそこまでではなかった。とはいえすぐに、刺激を喜んだかのように形を変えている。

「あっ……」

後ろに埋められた指が増えた。のけぞった和歩の足が広げられ、後ろから差し入れられていた指が抜ける。

「……は、ぁっ」

ほっとしたのも一瞬のこと、大きく足を広げられて持ち上げられる。肩に体重がかかる体勢はきつい。なにより、すべてが丸見えなのはやはり恥ずかしかった。

これまで自分がする立場だったから、こんな思いをさせているとは思わなかった。次から気をつけよう、と意識が逃避する。昨日より冷静な分、余計なことばかり考えてしまうようだ。

「んっ……」

快楽に正直な部分が、濡れた感触に包まれる。性器を口に含まれて感じない男などいないだろう。和歩だって例外ではない。緩く立ち上がっていたそこが熱を帯びる。

「……っ……ぅ……」

気持ち良かった。あられもない声を、必死で堪えなければならないほどだ。自然に腰が揺れる。

躊躇いもなく先端の窪《くぼ》みに舌をねじ込む高平は、一体何人の男にこんなことをしたのだろう。どれだけただれた生活を送ってきたのか、問いただしたい。

「……ひっ」

意識が昂ぶりに向いている間に、高平の指は窄まりを撫で始めていた。既に先ほど指を受けいれていたそこは、指を拒まない。

「……は、ぁ……」

前後を同時に刺激されて、息が止まる。びくびくと跳ねる体を押さえこまれ、昂ぶりを強く吸われた。

「ひぁっ」

視界が滲む。これは涙だろうか。よく分からない。これまで口淫をされたことなど何回もあるのに、今まで以上に感じている。

「先生のここ、俺の指が好きみたいだ」

嬉しそうに言い、高平が指の数を増やす。前立腺の辺りで円を描くように撫でられ、頭を打ち振った。口を開けては閉じる。もう駄目だとすべてを投げ出して達したくなるけれど、プライドが快感を拒む。生徒に簡単にいかされたくない。

「っ……はな、せっ……」

だが限界は、いきなりきた。手足の先が震える。腰が跳ねて、心音が早くなる。

このままだとまずいことになる。高平の顔を引き離したい。だが先端に吸いつかれ、和歩は逃げられなかった。

「……あ、ああっ……」

全身が一気に硬直する。目の前が真っ白になり、次の瞬間、すべての感覚から解き放たれた。

「っ、あっ……」

落ちる。体の奥から駆け上がってきた熱を吐き出し、腰を揺らす。先端を包む温もりが気持ちいい。

「……いっぱい出たじゃん」

呆然と天井を見上げた和歩の耳に、高平の声が聞こえた。ずれた眼鏡の向こう、ぼんやりと見上げた先にいる彼は、口元を手で拭っている。

「飲んだのか」

我に返った途端、襲い掛かってきたのは羞恥心だった。高平に口でいかされた挙句、精液を飲まれてしまった。このまま消えてしまいたいくらいの恥だ。

「ああ。次は俺の番だ」

当然のように言い、高平が上着を脱いだ。力が抜けた体を見つめられているのが分かる。視線から逃れたいけどできず、和歩は腕で顔を隠した。

足を持ち上げられる。指で馴らされたそこへ昂ぶりが押し当てられても、もう抵抗する気力がなかった。

「……っ……」

目を閉じた。高平が伸し掛かってくる。ゆっくりと埋められていく熱にのけぞる。この圧倒的な質量の前では、呼吸をすることさえ難しい。

「先生、目を開けて」

そっと眼鏡が外され、言われるまま和歩はゆっくりと目を開けた。顔の横に手を置いた高平が、和歩を見下ろしている。

「俺を見て」

高平は昨日のように笑っていなかった。切羽詰ったような目が、和歩を見つめているだけだ。何か言いたそうな唇は、だけど何も言わずに、和歩に寄せられる。

目尻からこめかみ、頰、唇の端、とキスが降りてきた。触れた先から熱を帯びたように、何も考えられなくなる。

「……」

黙っていると、唇が重ねられた。舌先で閉じていたところを今度は割られてしまい、舌を吸われた。強引ではなく、誘うような舌使いがくすぐったい。

応えるべきか迷って、彷徨った舌を搦《から》めとられる。舌先に意識が向いたその時、ぐぷっと音がして、奥まで昂ぶりを埋められた。

「……っ……」

叫びは高平の口に飲み込まれた。執拗に舌先を弄《もてあそ》ばれて、息が上がる。

「……も、やめっ……」

やっと唇が解放された時、呼吸は苦しくなっていた。酸素を求めて口を開くと、指で唇が拭われる。どちらのものかなんて分からない唾液でべたべたと汚れていて、いたたまれなくなった。

「ぐちゃぐちゃだ、ここ」

高平の視線の先に目を向ける。繋がっていると教えるかのように出し入れされて、和歩はあることに気がついた。

「お前、ゴムは……?」

少し体を起こしたら、机にゴムが置き去りにされているのが目に入った。ご丁寧《ていねい》に和歩のしていた眼鏡が横に置かれている。

「忘れてた。……あれ、先生、眼鏡なくて見えるのか」

馴染むまで待つつもりなのか、高平はまだ動かずにのんびりと聞いてくる。

「そこまで目は悪くない。おい、生でするなんてマナー違反だぞ」

注意すべき点は、ゴムの有無ではないことくらい分かっている。それでも言ってやりたかった。

「ん、ごめん」

素直に謝った高平は、口元を歪めて和歩を見下ろした。

「次はちゃんとつける」

「……次って、お前っ……」

これで終わるつもりではないのだと宣言されたも同然だ。断る、と言いかけた和歩の足を抱え直した高平が、ゆっくりと腰を引いた。

「……うっ……」

ずるりと抜けだしたものを追いかけるように収縮した粘膜を硬い先端に擦られる。背中がしなった。指先まで広がる痺れが甘すぎて怖い。

「あっ」

大きな声が出そうになり、慌てて口を手で覆った。こちらを見下ろす高平と目が合う。彼は一瞬だけ驚いた顔をしたが、すぐにそれを性質の悪いものへと変えた。

「それだけ感じてくれるなら、こっちもやりがいがあるよ」

ぐっと体重がかけられ、両足が宙に浮いた。高平は折り曲げられた和歩の体の奥を暴きながら、胸元に顔を寄せてくる。

「っ……！」

乳首を摘《つ》まれる。指で転がすように弄られると、じっとしていられず、自然と体が揺れてしまう。

「……やっぱり乳首、感じるんだ」

指の腹で擦られ、じれったさを植えつけられる。乳首が痛いくらいに尖《とが》った。

こんなことで感じない。そう言い返したいけれど、口を開けばとんでもない声が出そうなので堪えた。ここは学校だ。いつ誰に声が聞かれてしまうか分からない。鍵を持った教師が入ってきたら終わりだ。

「っ……」

口元を覆っていた手の甲に口づけられて、ゆっくりと外される。その手を机に縫いつけられた。

「……見るなよ」

視線にまで犯されている気分だ。なにより、こんなことで昂る自分を認めたくなかった。

「全部見せろよ。……ほら」

「うっ……あっ……」

昂ぶりを叩きつけられ、息が止まった。逃げるかのようにしなる体を、高平の眼差しが舐める。

「すげぇ、……先生を犯してるなんて、興奮する」

呻くように言った高平が、抽挿《ちゅうそう》のスピードを上げた。ぐぷっと派手な音がして引き抜かれた性器を、一気に奥まで埋める。その繰り返しが生む熱で、触れられてもいない昂ぶりが弾けそうになった。

「……っ！」

感じる場所を擦られる。目の前が一瞬、白く染まった。指先が震え、体が勝手に跳ねる。

「ん、ここがいいのか？」

両足を抱えあげられ、腰を回された。弱みを中心に押されて、頭を打ち振った。

「ああっ……」

「あ、乳首がすげぇ尖ってきた」

楽しげな声が乳首をくすぐる。軽く吸われただけで、背筋に痺れが駆け抜ける。はぁ、と零れた吐息は自分でも驚くほど甘ったるかった。

「っ、あ……」

室内には、二人分の乱れた呼吸と、高平が立てる水音だけが響いた。どこか遠くから聞こえる生徒の声がなければ、ここが学校だということさえ忘れてしまいそうだ。校内でとんでもないことをしているのに、現実感がなくてどこか夢のように思う。

「……くっ……」

乳首の周辺を舐めまわされ、頭を打ち振った。押さえこまれていた手が解放される。高平は和歩の腰を抱えると、抽挿の速度を上げた。

ぽたり、と何かが口元に落ちてきた。高平の汗だと気がついて顔を上げる。額に汗を滲ませた高平は、ひたすら快感を追って腰を振っている。どこか必死なその姿を、かわいい、と思ってしまった。

おかしい。昨日はこんなこと思わなかった。だって高平は、もっと言葉で煽ってきた。

「……なぁ」

学校だと静かだな、と言いかけて、口を噤《つぐ》んだ。高平は唇を引き結び、苦しそうな顔で荒い息を吐いた。

「っ……」

ぎゅっと抱きしめられ、奥深くまで貫かれる。小刻みな高平の動きで、彼が達しようとしているのだと分かった。

「……中には、出すなよ」

「……」

念を押したが、返事はない。

「おいっ」

腰を掴む高平の指に力がこもった。机が揺れるほどの激しさで奥を暴かれ、咄嗟に掴んだ高平の腕に爪を立てる。

「んんっ」

高平の体が震えた。次の瞬間、どくどくと音を立てて体液が注がれた。

「っ……くそっ、お前っ……うぅっ」

眉を寄せる。また中に出された。睨みつけようとしたものの、高平の手が昂ぶりを摑んだせいで失敗する。

「おい、やめっ……！」

痛いくらいの力で根元から扱かれ、和歩はあっけなく吐精した。急激な絶頂に体が不規則に跳ねる。後孔が窄まり、高平をきつく締めつけた。

「ふぁ、……んんっ」

和歩の放った体液を手のひらで受け止め、呆然とした様子で見つめている高平の頭を軽く叩く。

「……まじまじ見るな。さっさと、抜け」

達した直後の体には、うまく力が入らない。和歩はため息をついて、手だけを伸ばしてティッシュを手に取り、高平に押しつけた。

手のひらに放たれた体液をティッシュで拭うと、高平が机に手をついた。ずぶっと派手な音を立てて、後孔から性器を抜かれる。

背中が震えるような痺れに和歩は目を閉じた。いつの間にか目が潤んでいたらしい。水分が邪魔だ。

達した直後の気だるさで眠くなるが、ここで寝るわけにはいかないのだ。薄く目を開けた。滅多に見ることのない、化学準備室の天井が目に入る。

「っ、はぁ……」

体を離した高平が後始末をしているのを、ぼんやりと眺めた。

校舎で生徒とセックスする担任教師か、最低だな。自分をそう罵ってから、体を起こした。一度息を吸い、呼吸も鼓動も落ち着かせてから、散々なことになっている下半身を乱暴に拭う。体の奥でどろり、と何かが溢れるのが分かった。

「先生」

何か言いたげな高平を片手で払う。

「昼休み、残り十分だぞ。さっさと行け。午後も授業に出ろ」

「……」

高平は無言のまま、制服を身に付けて化学準備室を出ていった。

「……はぁ、……くそっ、こんなとこで」

頭をかきむしる。意味もなく叫びだしたい。行き場のないもやもやをぶつけるようにティッシュの箱を机から落とす。

でもそうやって床に落とした箱を拾うのも自分だ。ばかばかしい。

とにかく誰も入ってこないようドアに鍵をかけてから、足を広げて最奥に指を入れた。

濡れた音に耳を塞ぎたくなる気持ちを堪え、中に出された体液をかきだす。

「っ……」

朝と同じく事務的に、これは作業だと言い聞かせて、指を動かした。奥を探る時は唇を噛んで耐え、どうにか気にならない程度にまでする。

備え付けの水道で手を洗い、下着とスラックスを身に付ける。めくれていたシャツを直し、畳まれていた白衣に袖《そで》を通した。シャツはぐちゃぐちゃになっているが、白衣にしわがついてなくてよかった。

他の教師も使うこの部屋に、ティッシュ類を捨てていけない。仕方なくゴミを机に置いてあったビニール袋にまとめる。

行為の名残が色濃くなっている室内の空気をどうにかしたくて、窓を開けた。差し込む風にほっと息をつく。

グラウンドで遊んでいた生徒たちが校舎に戻っていくのが見える。午後の授業が始まる前に、化学準備室を出た。腰の辺りが鈍く痛む。

騒がしい廊下を歩き、教職員用のトイレで身だしなみを確認する。恐れていたような痕は残っていなかった。頬がまだ赤いけれど、気になるほどではないだろう。

大丈夫だ、他人は分からない。自分にそう言い聞かせて、トイレを出た。

そういえば、昼を食べていない。学食の営業時間は終わっているから、何か購買で適当に買おう。そう決めて、階段を降りる。すれ違う生徒が軽く会釈していく。

「こんにちは」

高平の声だ。弾かれたように顔を上げたところには、高平初がいた。

「あ、ああ」

一礼をして通り過ぎようとする姿を、目が追いかける。眼鏡をかけているが、よく見れば初と新は同じ顔だ。

双子とはいえ、こんなにも似ていただろうか。こちらを見る初の目に、かすかな怯えを覚える。

「どうかしましたか?」

怪訝《けげん》そうに首を捻る初に、何でもないと手を振る。そのまま階段を降り、購買には寄らず、職員室へ向かった。午後の授業に向かう教師の波が落ち着くのを待って、自分の席につく。

五時間目の始まるチャイムが鳴った。授業が始まると静かになる職員室で、そっと息を吐いた。この時間、和歩の受け持つ授業はない。事務作業をしておきたいのだが、その気力が起きなかった。なにより体が疲れていてだるい。

担任を持つクラスの生徒と、一度だけではなく二度も関係を持った。しかも二度目は学校で。更に彼の手元には、とても他人には見せられないような写真が残っている。どう考えても、これで終わりとは思えない。

いつまで脅されるのか。どうにか彼の手元から写真を取り戻せないか。ぐるぐると考えていると、肩を叩かれた。

「考え事か？」

顔を上げると、学年主任が書類を手に立っていた。

「あ、はいっ」

慌てて差し出された書類を受け取る。来月頭に行われる模試の、最終申し込み案内だった。

「呼んだのに返事しないから、どうしたのかと思ったよ」

「すみません」

こんなことは初めてだ。主任は苦笑して、まあほどほどに、と言ってくれた。

「じゃあこの模試の最終確認、頼むわ」

渡された書類を確認する。これは帰りのホームルームで生徒に連絡が必要だ。

高平のことばかり考えてはいられない。六時間目は授業がある。和歩はその準備に意識を集中させた。

「お先に失礼します」

周りの教師に挨拶をしてから、和歩は急ぎ足で学校を出た。駅にはまだ生徒の姿がある。

普段より少し早い電車は混んでいた。湿度の高い車内で、つり革に摑まった。

今日は散々だった。六時間目の授業では驚くほど声が出なかったし、板書の時間を取りすぎて予定したところまで終わらなかった。

帰りのホームルームは、高平の顔を見て言葉に詰まった。最後までちゃんといたことを褒《ほ》めるべきか否か迷いながら機械的に連絡事項を伝え、挨拶を済ませて教室を出た。

あれでよかったのだろうか。ぼんやりと考えている内に、降りる駅に着いていた。慌てて人が乗り込む前に電車から出て、改札を抜ける。

どうも自分が自分ではないみたいだ。気がつけばいつもの店を通りすぎていた。まあいい、何か家で適当に食べようと決めて歩き続ける。

マンションに着いたが、管理人に声をかけられるまで挨拶を忘れた挙句、先に降りる人がいたのにエレベーターに乗り込みかけた。

「……すみません」

降りようとしていた男性にうろんな目をされてしまった。部屋の鍵も鞄からすぐに見つけられなくて、ドアの前で探す羽目になった。

なんとか見つけた鍵でドアを開ける。部屋の空気はこもっていて、汗ばむくらいだ。カーテンを閉め、スーツを脱いで部屋着のTシャツに着替える。

ほっと息をついた。疲れていた。特に二日間連続で慣れない格好を強いられた足の付け根には、まだ違和感がある。あと喉も痛い。声が出ないのは、職業柄とても困る。

何か飲もうと冷蔵庫を開けた。中で冷やしているのは主に水とビールと空気だ。一人暮らしの男の部屋なんてそんなものだろう。

ビールの缶を片手に持ってベッドに寝転がり、ため息をひとつ。

「どうしてこうなったんだよ……」

自分はかわいいと思う男を組み敷いて、揺さぶることに快感を得ていた。それが何故、年下の生徒に押し倒されているのか。

ビールをあおる。喉が一気に潤うが、すぐにまた、渇《かわ》いてしまう。

高平が卒業するまで、約一年半もある。このままずっと続けられたら、とてもじゃないが身も心ももちそうにない。

この関係は危険すぎた。教師と生徒が関係を持つというだけでもスキャンダラスなのに、同性ときている。これがばれたら、自分はもう、二度と教師という職につけない。

ではどうすればいいのか。考えたって、今の自分には分からないことばかりだ。なにしろ、主導権が自分にない。それも悔しい。

無意識にビールの缶を握りしめていた。まだ半分ほど入っていた中身が噴き出して、和歩の手を汚した。


「盛合先生、すみません」

「なんだ？」

翌日の金曜日、担任をしている二年三組の授業を終えて教室を出たところで、高平が声をかけてきた。彼は今日も、朝から登校している。

「これ、聞いてもいいですか」

差し出されたノートには、今日の授業内容が丁寧に書かれていた。ちゃんと聞いていたようだ。

「どこだ」

「ここです」

胸ポケットに差してあったペンで、高平がノートの隅に大きく丸を描いた。そこに書かれた文字に目を見張る。昼休み、第二体育館倉庫。呼び出しだ。

「いいですか？」

少し抑えられた声が求めているのは、肯定だけだ。和歩はじっと文字を見て、頷いた。

「……ああ、それでいい」

近くを通る生徒に見られないよう、咄嗟にノートの上に手を置いて文字を隠す。

「分かりました。ありがとうございます」

ノートを閉じた高平が、一礼して去っていく。

誘った証拠は残さないつもりだろうか。周到すぎるやり方が気に入らない。小さく舌打ちしてから、和歩は廊下を歩いた。

「——こんなところに呼びだすなよ。ベタだな」

昼休み、和歩は指定された第二体育館の体育倉庫の扉を開けた。

この体育館は校舎から離れていて、この時間に来る生徒は殆どいない。薄暗い倉庫を見回す。バスケットボールが入ったカゴに高平がもたれかかっていた。

「ここなら先生がどれだけ声を出しても平気だから」

倉庫に内側から鍵をかけた。これでもし誰か入ってこようとしても、時間稼ぎができる。

「今日は白衣じゃないんだ」

上から下まで見た高平にそう言われ、和歩は肩を竦めた。

「体育館に白衣で来るのは不自然だろ」

それに、目的が何か分かっているのだ。わざわざ汚される確率を上げる必要はないと思えた。

「それもそうだ」

わざとらしく声を上げて笑った高平は、和歩の腕を摑んだ。

「あんま時間ないからさ、さっさとやろうぜ」

かびくさいマットに組み敷かれる。抵抗をする間もなく、シャツをめくりあげられた。乱暴な手つきに不安を覚える。この勢いでシャツを破かれてはこの後が困るので、自分からボタンを外してネクタイをずらした。

「積極的じゃん」

「着られなくされたらたまらないからな」

シャツの前を開き、ベルトを緩める。こんなに堂々と色気もないストリップじゃ興奮しないのではないかという期待を胸に、蹴《け》るようにスラックスと下着も脱いだ。ついでに眼鏡も外す。

「ま、俺はそういうの好きだからいいよ。さっさとやろうぜ」

高平はベルトを外し、シャツのボタンを下から二つ、開けた。

「その気なのはお前じゃないか」

下着から取り出した性器を見せつけるように扱く高平に眉を寄せた。まだ何もしていないのに、どうしてそんな大きくしているのだ。

「なんだ、眼鏡なくても見えるんだ」

　残念そうな口ぶりで、高平が覆いかぶさってくる。昨日の話を彼は忘れているらしい。和歩の目が悪いかどうかなんて、どうでもいいことなのだろう。

「でもここ、ちょっと暗いよな」

「っ……」

　シャツをめくった高平の指が、下腹部を撫でる。手触りを楽しむような手つきの後、胸元まで移動してまさぐられた。

　指が突起に触れる。撫でられるくすぐったさに身をよじる。高平の手が止まったかと思うと、彼は次の瞬間、和歩の胸元に顔を寄せていた。

「……」

　突起に吸いつかれる。温かいものに包まれたそれがわずかに尖ったけれど、それだけだった。

　ちゅうっと音を立てて吸われても、特に感じない。不思議そうな顔をした高平は、顔を上げて口元を拭った。

「乳首、感じない？」

　無言を肯定と受け取ったのか、首を捻りつつも高平は体を起こした。

「まあいいや。先生、こっちの方が好きでしょ」

「っ……」

指が後孔を撫でた。乾いた指に眉を寄せると、高平は一度指を離し、チューブに入ったジェルで指を潤す。準備がよすぎる。

投げ出していた足を摑まれ、大きく広げられた。視線を感じて顔を背ける。こんな時、一体どんな態度でいればいいのか分からなかった。

くちゅくちゅと音を立てて、濡れた指が出入りする。繰り返される内に、窄まりが指を欲しがるみたいに収縮した。

「やっぱり毎日やってると慣れてくるのかな。大歓迎なんだけど」

指が二本に増えて奥まで進んだ。ジェルを使って粘膜を濡らされる。中を探られる感覚にはまだ違和感もあって、顔を歪めた。

「指、三本くらいいける？」

「……早く、しろ」

ゆっくりしていたら時間がなくなる。吐き捨てるように言うと、高平の指が引き抜かれた。

「せっかちだな。まあ、そろそろいいか」

指を引き抜いた高平は、制服の後ろポケットからコンドームを取り出した。

「ゴムつけようか。先生だから避妊は大事だよね」

パッケージを口にくわえた高平は、手際良く中身を取り出した。慣れた仕草で和歩の昂ぶりに宛《あ》てがう。

薄いゴムが、和歩の昂ぶりを根元まで覆っていく。ほんのりとしたピンクがやけに滑稽だ。それでもまあ、これで少しは衣服が汚れなくて済むとほっとする。

「おい、今日こそお前もつけろ」

足に伸びてきた高平の手を払う。挿入する前に釘を刺しておかないと、またそのまま受けいれる羽目になってしまう。

「え、俺につけて欲しいの？　ゴム一個しか持ってないんだけど」

「……は？」

高平が言い放った内容が信じられず、思わず聞き返していた。

「一個って……」

「だから、先生につけたそれでおしまい」

指を指されたのは、たった今ゴムを装着された和歩の性器だ。

「お前はどうするつもりだった」

「全部先生の中に出すよ」

それが当然だろ、と言わんばかりの顔を見上げる。こいつは本当に、昨日のことをすっかり忘れているようだ。

「駄目だ。昨日も言っただろ。男同士だって当然のマナーだし、なにより後始末が面倒だと」

「そうだっけ。覚えてないな」

堂々とそう言い、高平は和歩の足を摑む。

「じゃあ中に出さないから、おねだりしてよ。かけて、って言って」

「……は？」

「だから、俺がいきそうになったら、かけてってねだれよ。そうしたらぶっかけてあげる」

何を言いだすのか。呆然と高平を見上げる。

「ぶっかけって、……顔射でもするつもりか」

「それもいいけど、さすがに髪についたらまずいだろ。腹に出してやるよ」

この辺、とへその周辺を撫でられた。

「結構、筋肉あるよね。ここにぶっかけたらえろいかも」

「やめろ。服に飛ぶ。俺にゴムつけた意味がない」

「じゃあ中出しでいいよね？　先生、やっぱり中に出されんの好きなんだろ？」

にやにやと笑う高平にため息をつく。

「もういい。……さっとやれ」

構ったら構った分だけ、この男は調子に乗る。そろそろ言葉遊びも面倒になってきて、和歩は会話の続きを投げ出した。

「なんだよ、かわいくないな」

わざとらしく口を尖らせた高平を睨む。

「かわいい？　担任を捕まえて何を言ってるんだ」

「ああ、うん。担任、ね。そう考えると興奮する」

もうすっかり高平を受けいれる準備が整った部分に、指が入ってきた。太いからきっと親指だ。確かめるように縁を押し広げられ、そこが待ちかまえるように息づいた。

「あ、うっ……！」

昂ぶりを宛てがわれる。何度か押しつけた後、指が離された。先端に吸いつくように窄まったそこへ、高平は一気に入ってくる。

「うあっ……いっ、たっ……」

縁を巻きこむようにして貫かれた。くびれが最も弱い場所を擦ったその時、視界が白く染まった。

「ひっ……」

目も口も閉じられない状態で、勝手に腰が揺れた。遅れてやってきた、すっきりした感覚に力が抜ける。

「はは、つっこまれていっちゃうんだ」

高平が笑うと、体の奥に震えが走った。彼に言われて初めて、自分の体に何が起こったのか分かった。

「うるさ、い……」

確かにゴムの中へ、熱を放っていた。だけど予期せぬ絶頂に心も体もついていけない。ぼんやりと宙を見上げる。

高平は体を起こすと、後ろに手を伸ばした。ずりっと何かをひきずる音がする。

「ちょうどいいや、これを使おう」

体育館で行う球技の時に使う、アナログの得点板だった。高さがないそれはひどく古びていてところどころ錆《さ》びている。あまり使っていないようだ。

「はい、じゃあ先生が1、ね」

彼はそれを、一枚めくった。

「何をしている……」

「射精回数の記録だよ。昼休みで何回できるかと思って。先生は何回出せるかな？」

高平が何を言っているのか理解する前に、動きだされてしまう。あっという間に何も考えられなくされて、ただ揺さぶられた。

「やめっ……」

達した直後の体は、うまく力が入らない。好き勝手に奥を突かれた。捏《こ》ねられて熟れた粘膜を、大きく膨《ふく》らんだ昂ぶりが穿つ。締めつけを楽しむように浅いところで出し入れされた後、最奥まで貫いて揺さぶられた。

高平は好き勝手に動く。これが体を使われるという状態か、と和歩が自虐的に考えられるようになったところで、高平は動きを止めた。

「やめろって言うけど、ここでやめたら先生も辛いだろ。こんな風にぶちこまれるのが好きな淫乱なんだから」

「違うっ」

思わず大きな声が出て、慌てて口を噤んだ。こんな場面を誰かに見られたら終わりだ。我慢しなければ。

「嘘つき」

「……く、っ……！」

首筋に嚙みつかれた。きっとはっきり分かる痕をつけられた。シャツで隠せるかどうか、ぎりぎりのところだ。

「ここを擦られたら、すぐにいっちゃうくせに」

「もう、や、めっ……」

高平はわざと濡れた音を立ててそこをかき回した。硬い先端が、どうしても感じてしまう場所を容赦なく擦る。また達してしまいそうで怖い。

「はぅ、……あんっ……！」

内側から押し出されるようにして、極めていた。絶頂に腰が揺れ、後孔が収縮する。コンドームの中にまた、白い体液を吐き出した。

「っ……」

必死で息を吸う。そうしないと苦しい。今にも口から心臓が飛び出しそうだ。

「先生はこれで二回目、と」

また一枚、めくられる。0対2。なんだこのスコア、と心の中で罵ってから、ぎゅっと目を閉じた。

「なぁ」

和歩の瞼に高平の唇が触れる。

「こんなに感じるようになったんだ。……もう俺から逃げんなよ」

ぱんと大きな音を立てて、腰を叩きつけられた。奥深くまで容赦なく欲望を打ちこまれる衝撃で、体がずりあがる。硬いマットに擦れた背中が痛い。

「あ、うっ……」

高平の昂ぶりの形がそこに残ってしまうのではないか。そんな不安に襲われるような、激しい抽挿に翻弄される。

「っ……い、くっ……」

びくびくと高平の体が震えた。彼が極めようとしているのを感じ取り、腰を引こうとしたが叶《かな》わない。

「うっ……」

「あ、あっ……」

最後の一滴まで注ぎこむような動きから逃げようと身をよじる。だがその動きが高平を刺激したのか、腰に手をかけて引き戻された。

「俺、一回ね」

真っ直ぐに和歩の目を見て、高平は笑った。そして得点板の0をめくり、1にする。

「1対2か。あと残り二十分、一回ずついけるかな?」

おかしい。こいつはまともじゃない。背筋に震えが走る。逃げたくても繋がりは深すぎて、そう簡単に離れられない。

硬いマットに爪を立てた。もう無理だ。連続での射精に体が疲れ切っている。

「なんで休んでんの?」

ずれていたネクタイを引っ張られ、高平の顔を見る羽目になった。彼は口元を歪めると、和歩の胸元に指を這わせる。

「ひっ」

急に乳首を摘まれ、痛みに眉を寄せた。びりびりと痺れに貫かれて、口が半開きになる。

「やっぱり」

「あ、あっ……」

含み笑いをしながら、高平は乳首に舌を合わせた。びくびくと震える体を押さえこまれ、ささやかな尖りを赤く色づくまで弄られた。

高平に預ける形になっていた足を、みっともないくらい大きく開かされた。繋がった部分も、昂ぶりも、すべて見える格好だ。

そこで高平は、携帯電話を取り出して、和歩に向けた。

「撮るな」

カメラのレンズから逃れようと身をよじった。

「いやだね」

だが容赦なく、レンズは和歩に向けられる。音がしないのは専用のアプリでも入れているのか。

「ほら、見て」

目の前に差し出された画像に顔を歪める。高平のせいで、自分がこんな時にどんな顔をするのか分かってきた。目が潤み、口元はだらしなく濡れている。後孔には高平の昂ぶりを受けいれているし、和歩自身の欲望は、二回分の精液が入ったゴムに覆われていた。

「すげぇよく見えるだろ？　こないだよりもうまく撮れた」

　昨日、見せられた画像がフラッシュバックする。うまく撮れたかどうかなんて知らない。知りたくない。

「コレクションに追加、と」

　笑いながら高平は携帯電話を脇に退けると、あらためて和歩の腰を抱え直した。宙に浮いた足が、胸に着くほど折りたたまれた。

「っ……う、無理、だ……」

　肩に体重がかかる格好は苦しい。しかも高平は深くまで押し込んで腰を回すから、後孔全体が擦られたように熱くなってしまう。そして喜ぶように奥から高平自身を締めつけてしまうのだ。

「うわっ、今のすげぇいい……」

　恍惚《こうこつ》とした声と共に、高平が腰を振る。ぽたりと落ちてきた汗に薄目を開けた。マットに手をついた高平は、和歩を見下ろしていた。

　昨日もこんな風に、彼の汗を感じた。でも、——違う。何がどう違うのか、分からない。ただ、違うのだ。昨日とは何かが。

　目の前にいるはずなのに、高平の姿がぼやけた。滲んだ輪郭は曖昧で、手ぶれした写真のようだ。

01

「……高平……」

だが違和感の正体を考えようにも、内側を穿つものが理性を散らしてしまった。

「——2対3か」

高平の声が耳に響く。昼休みに頑張りすぎたかな、と笑って、彼は体育倉庫を出て行った。

残された和歩は、三回も達したせいかずれ気味のコンドームを外した。シャツだけ羽織った状態でマットに体を預ける。

出しつくした、と思った。指先まで重たくて、昼休みが終わるチャイムが鳴っても立ち上がれなかった。

幸い、五時間目の授業でこちらの体育館は使われないようだ。和歩も五時間目は授業を持っていない。

しばらくその場で呼吸を落ち着かせてから、大量に吐き出された体液を始末した。こもったにおいを換気して、なんとか立つ。

腰が重痛い。八つ当たり気味に2対3と表示されたスコアボードを蹴ってから、体育倉庫を出る。

　職員室へ戻るまでが遠かった。途中、職員トイレで手と顔を洗う。どうにか生徒の前に立てる顔であることを確認した。

　授業中のため静かな廊下を歩いて、職員室へと戻った。自席で次の時間の準備をするような顔をしながら、さっきまでのことを考える。

　高平は気持ちの浮き沈みが激しい気がする。昨日と今日、いやその前も考えると、彼の印象がぶれる。それだけ不安定だから、学校に来なかったのだろうか。

　だが今、彼は登校している。

　この状況がいいとは決して言えないが、登校する理由のひとつに自分がなれたのだとしたら、悪くはないか。自虐的に笑ってから、虚しさに襲われた。気持ちを切り替えようと深呼吸する。

　六時間目の授業は、教卓に手をついていないと立っていられなかった。なんとか平静を装って生徒の前に立つ。高平も、兄の初もいないクラスの授業で良かったと心から思った。なんとか帰りのホームルームまで終える。今日も最後までいた高平の顔は見ないようにした。

　重たい体を引きずり、それでもいつもの店で弁当を買うのだけは忘れずに帰宅した。そうして水を飲んだことまでは覚えている。

気がつけば朝だった。どうやら床で寝てしまったらしい。おかげで重たかった体が更に軋《きし》んでいる。土曜日で出勤しなくていいので助かった。

一晩置きっぱなしの弁当の無事を確認してから食べ、服を脱いで再び寝る。起きても体がだるくてベッドから出られない。いつまでも眠っていられそうだ。ベッドに転がりながら、浅い睡眠を繰り返した。かなり汗をかいたのでシャワーを浴びた以外、週末はほぼ寝て過ごした。折角の三連休だったが、家をろくに出なかった。

祝日の月曜日、夜になって弟からメールが着た。土曜日は母親の誕生日だけど、帰って来なかったね、と書いてある。そういえば、兄弟で集まる話があった。すっかり忘れていた。ごめん、とだけ返信した。

母にはまた謝っておこう。何か贈らねばと思った時、弟からまたメールが着た。一枚の写真が添付されている。

そこには、家族がいた。

両親に兄弟全員、兄一家に姉一家。ケーキを前にして幸せそうなその絵に、自分はいない。

「ははっ……」

いい写真だ。だからこそ、胸が苦しくなる。

そうだ、自分がいなくたって、実家では何も変わらない。そんなの分かっていたことだけど、ただ、笑うしかなかった。

ベッドに携帯電話を放る。自分の温もりしかないベッドが虚しいことを、今は認めたくなかった。


翌日の火曜日も高平新は登校していた。朝も余裕をもっているのか、ホームルームが始まる時には着席している。

「高平、これが分かるか」

「はい」

授業で問いかけても、答えが返ってきた。各教科の教師たちに確認しても、授業態度に問題はないという。

来月頭に行われる模試の申し込みもきちんと済ませ、教室内でもそれなりに友人がいるらしく孤立はしていないようだ。

こうなることを望んでいた。だが、どうにも高平がクラスにいると、和歩の居心地が悪くなってしまう。

「先生、これ、遅くなりました」

職員室まできて提出物を渡してくれる時も、彼は明るく声をかけてくる。真っ直ぐな視線を受け止めて、和歩は息を飲んだ。

ああ、まただ。目の前にいる高平が、急にぼやけて輪郭を失う。

「よろしくお願いします」

ぺこりと頭を下げて、席に戻る高平の少し丸まった背中を目が勝手に追いかけた。

小さな魚の骨が突き刺さったような違和感に眉を寄せた。このクラスにいる彼と、最初のホテル、次の化学準備室、体育倉庫の彼が、重なるけどぼやける。どれが本当の彼なのか分からない。

部屋に残っていたしわくちゃの服。丁寧に畳まれた白衣。頭にフォーカスがずれた物たちが浮かんでは消えていく。摑めそうで摑めない感覚に苛立ち、和歩は額に手を置いた。

そろそろ次の授業だ。ノートと教科書を手に持つ。次は一組、と考えて、浮かんだのは高平初の姿だった。

『おはようございます』

今朝、いつものように校門の前で高平初は挨拶をしていた。あの時、彼は笑顔を浮かべていたけれど、眼鏡の奥の目だけは鋭く真っ直ぐ和歩に向けられていた。

彼は何か知っているように見えた。新が話したのかもしれない。そう考えた瞬間、彼の視線さえ怖くなる。認めるのは悔しいが怯えを胸に、和歩は一組の教室へと急ぐ。

廊下を歩いている内にチャイムが鳴った。少し遅れて二年一組の教室に入る。教壇に立つと、窓際の前から三番目に座っている高平初と目が合う。眼鏡の奥の目は和歩を見て一度細められたが、すぐに緩んだ。

これだけでは彼が何を考えているか分からない。ただそこに、敵意はないように思えた。その直感に今は縋《すが》ることにして、教科書に目を落とす。

「……では、先週の続きから」

教室を見回した。とにかくちゃんと授業をしよう。それが自分の仕事なのだから。

水曜日、教頭が出張でおらず学年会議も早く終わったので、和歩は高平と会ったあの店へ足を運んだ。

カウンターに腰かける。まだ早い時間のせいか、店内はさほど人がいない。

「一人？」

早速、カウンターの中から店長が話しかけてくる。

「ああ、うん」

「へぇ、本当に？」

疑わしい目に苦笑しつつ、ちょうどいい流れだと思って切り出した。

「この前、ここで話してたあいつ、なんだけど……」

真面目に登校する高平のことが、どうにも気になっていた。顔を合わせているのに、昨日も今日も彼は求めてこなかった。最後にセックスをしたのは金曜日の体育倉庫だ。

これがいい変化の傾向なのか知りたくなり、まずは高平がどんな風に過ごしているか探ろうと考えた。

そうして思いついたのが、この店だった。初めてここで顔を合わせた時、高平はこの店がどんなところか把握しているようだったし、近場のホテルも知っていた。つまり高平は、ここで遊んでいた可能性が高い。

「シンのこと？」

店長が口にした名前に頷く。新という名前を、シンと読み替えているくらいは想像の範囲内だ。

「うん」

「あー、そういうこと。あいつを落とすなんてすごいね。さすが」

店長が音を立てずに手を叩いた。

「さすが？」

「だってあの子、若いのにすごくうまいって話じゃない」

たぶん店長は、高平が未成年だとは思っていない。それを告げるべきか迷っている内に、声を潜めつつも、好奇心を隠さない店長が続けた。

「しかも同じ相手とは、二回しかしないんだって」

「なんだそれ。中途半端な回数だな」

同じ相手と二度は寝ないというポリシーはたまに聞く。だけど二回とは微妙な数ではないか。

だがそれは嘘だ。だって自分はホテル、化学準備室、体育倉庫の三回、彼とセックスをしている。

「ね。なんで一回じゃないのか、今度聞いてみてよ」

にやにやと笑う店長に眉を寄せ、そういうんじゃないからと首を振る。ちょうどそこに店のドアが開いて、店長の意識はそっちへ向かった。

やはり高平はここに来ていた。彼もまた、和歩のように同性にしか欲情しないタイプなのだろうか。それにしても高校生の内からここに出入りするなんて早すぎる。

「はい」

目の前にジンライムのグラスが置かれる。店長に軽く頭を下げ、和歩はカウンターに肘をついた。

もし高平が和歩と同じ性的指向だとして、彼は何故、和歩を抱くのか。彼の発言からして、教師という存在を犯すという行為に興奮しているのだろうか。それとも別の意味があるのか。

自分では答えが出せない問題に悩み、グラスをぐるぐると回す。口をつけたら、中身が混ざってしまったせいかいつもと違う味がした。

「あー、和歩だ。会いたかったよ」

後ろに体温を感じて、振り返った。首に腕を回しているのはナオだ。顔が近づいて和歩は眉を寄せた。

「離れろ」

「なんでー、いいじゃん。ね、この間の男と別れた?」

返事をせず、グラスに口をつける。この男に構ってはいけない。無視をするに限る。

「ねぇ、あいつ、本当に彼氏?」

だがナオの一言に反応してしまった。グラスを戻す手が止まる。

「なんでそんなことを聞く」

「だって和歩、あんな男を相手にしなかったじゃん」

案外と鋭いナオに指摘されて詰まる。仕方がない、ここはごまかすしかないだろう。そう決めて、早口で言った。

「別れてない」

だけど、付き合ってもいない。心の中でそう続ける。

「へぇ。じゃあ、今ここに呼びだして」

ナオは笑顔で言った。

「できるよね？」

にこにことという言葉がぴったりの表情をしているのに、目だけは探るような色を浮かべている。

「なんで」

「疑ってるから」

どうして微笑みながらそんなことを言えるのか。和歩は眉を寄せた。この男のどこに惹かれて付き合っていたのか、過去の自分に問いただしたい気分だ。

「別に嘘ならそれでいいんだよ。俺にまだチャンスがあるってことだから」

「チャンス？」

「うん。俺、まだ和歩のこと、好きなんだ」

ナオの声が甘い響きを帯びる。上目遣いがあざとい。だけど視線が離せない。

思い出した。こうしてじっと目を見て、好きだと言われるのが嬉しかったんだ。言葉をくれるだけで、愛されている気がした。

でもナオは、挨拶代わりに好きと言う男なのだ。和歩にだけではなく、誰にでも。それが分かった時、和歩は彼への想いに区切りをつけた。

「帰る」

このまま流されるのはごめんだ。ジンライムの残りを飲み干して立ち上がる。

「えー、まだ来たばっかりなのに？」

問いかけにも答えず去ろうとすると、ナオが腕に絡みついてきた。

「じゃあさ、連絡先、教えて」

付き合っていた頃より、香水がきつくなっている。げんなりしてナオの腕を解いた時、だった。

「お待たせ」

肩に手が置かれる。高平がいた。もちろん制服姿ではなく、初めてこの店で会った時と同じような格好をしている。どう見ても高校生ではない。落ち着きすぎている。

「別に待ってない。もう帰るところだ」

「俺、今来たんだけど」

肩を竦めた高平がカウンターへ腰かけようとするのを、手で制した。

「帰るぞ。……誰が飲ませるか」

高平にだけ届くような小さい声で言い、店長に一杯分にしては多めに渡してさっさと店を出る。和歩、と呼ぶナオの声が聞こえたけれど無視した。

すぐに高平が追いかけてくるのを無視して、駅に向かう。

「あいつ、未練たっぷりって感じだったけど。遊んで捨てたの？」

ナオのことだろう。振り返らずに首を横に振る。

「違う」

もしそうなら、こんな苦々しい気持ちにはならなかった。和歩なりに、あの時は本気だったからこそ、腹立たしいのだ。

「お前には関係ないだろ」

「でも、俺のことすごい見てたから、気になって。かわいいじゃん」

へらへらと笑いながら、高平がついてくる。

「あれでも俺より年上だぞ」

「年上？　それであんなガキっぽいの？　へぇ、ああいうのがタイプなんだ」

高平の声が少し低くなった。気に入らないとでも言いたげだ。

「少なくともお前よりは、な」

これは本心だった。外見だけでいえば、ナオは好みのタイプだ。

「なるほど」

高平の声が急に低くなった。

「つまり先生は、タイプとは全く違けど、俺に抱かれてるってことだろ。いいね」

「うるさい」

思わず立ち止った和歩の手を、高平が摑む。

「ねえ、先生。今日はホテルか、先生の家。どっちがいい?」

楽しそうに携帯電話を差し出された。中には自分のあられもない画像が入っている。あれが彼の手元にある限り、和歩は逆らえない。

「……ホテル」

安っぽい、セックスだけを目的とした部屋でいい。どうせやることはそれだけだ。

「了解。じゃ、行こうか」

高平は迷うことなく和歩の手を引き、来た道を戻っていく。

彼が選んだのは、同性でも入れるラブホテルだ。最初の時とは通りを挟んで反対側にある。

誰も近くにいないことを確認し、顔を隠すようにして中へ入った。

相変わらず慣れた様子で、高平は部屋を選ぶ。そうして連れて行かれた部屋は、三階にあった。

「悪趣味だ」

壁の一面が、鏡になった部屋だ。正面に呆然とした顔の自分がいる。そこへ高平が近づいてくる。

「そう？　俺は興奮するけど」

後ろから抱きしめられ、耳朶に嚙みつかれた。

「生徒とこんなところでやっちゃう先生って、相当えろいよね」

「……うるさい」

黙れ、という言葉を発する前に、口の中へ左手の指が突き入れられた。

「んんっ」

口内を好き勝手に暴れる指に意識を向けている内に、服を脱がされる。足元に捨てられた衣服をそのままに、ベッドへ放り投げられた。

「あっ……」

目の前の壁も鏡になっている。頰を紅潮させた自分の顔を見ていられずに和歩は目を閉じた。

「……っ」

尻に指がかかる。濡れた指を窄まりに突き入れられ、痛みに呻く。

即物的な指使いで、そこを解された。後孔以外を触れられないまま、和歩の性器も昂っていく。淡々とした作業のように受けいれる準備を施《ほどこ》されることは、たまらなく惨めだった。

高平が服を脱ぐ気配がする。

「すっかり後ろで感じるようになってる」

笑い声と共に指が抜かれ、腰を持ち上げられた。後ろから貫かれるのだろう。硬いものを押し当てられて身構える。

「あ、うっ……」

一気に入ってきた昂ぶりは、これまで以上に深い場所を抉《えぐ》る。

「だんだん、簡単に入るようになってる気がするけど？」

くすくすと笑いながら、高平は腰を振った。最初は浅瀬をかき回すように、徐々に深くまで。

「うっ、もう、……無理、だっ……」

あまりの勢いで、蜜を蓄えた袋同士がぶつかって音を立てた。

「無理？　まさか、もっといけるだろ」

ほら、と腰を叩きつけられて、衝撃にのけぞった。内臓が押し上げられ、今にも口から出そうだ。

貫かれるというのがこういうことだと、よく分かった。

「いや、だ……やめっ……」

「先生、いやいや言うくせに、腰が揺れてる。……ほら、見てみろって」

顎を持たれ、前を向かされる。見たくなくて目をつぶっていたら、動きが止まった。

「見ないとずっとこのままだ」

「……くそっ」

悪態をついて、目を開ける。だがすぐにそうしたことを後悔した。

そこには、蕩けた表情を浮かべる和歩がいた。後孔を貫かれ、感じきっている顔。——こんなの、自分じゃない。

「気持ち良さそうな顔、してるじゃん」

乳首をひっかかれた。無意識に跳ねた体を後ろから抱きしめられる。きゅうっと内襞が収縮して、高平の欲望を締めつけた。

「……あー、そんなに、締めたら、いっちまうだろ……」

先に達するのはプライドが許さないのだろう。その気持ちは、男を抱く立場を知る和歩にはよく分かる。

「いけば、いいだろ」

だからこそ、煽ってやる。力の入らない体を叱咤《しった》し、振り返って笑ってやった。

「くそっ、なんだそれっ……」

挑むように睨んできた高平は、そこで動くのをやめた。

乱れきっていた呼吸を整える。汗で髪が額に張りついていた。

「なぁ、先生。どこをどんな風に突いて欲しいか、言えよ」

かき回されてじゅぶじゅぶと音を立てた後孔から、昂ぶりが引き抜かれる。そして今度は縁の辺りをねちねちと捏ねられた。

「っ……」

もどかしさに腰が揺れる。

「言えばちゃんとしてやる」

囁かれると同時に、耳へ舌が差し込まれた。更に高平は、指を胸元に滑らせた。

「すっかり乳首も感じるようになったな」

「……気のせい、だ……」

何故か今は、触れられても返事ができるだけの余裕があった。すると高平は、指を胸元から一気に昂る和歩の欲望へ向けた。

「あっ！」

抑えきれなかった声があまりに大きくて赤面する。先端を手のひらで包まれると、勝手に腰が揺れ出してしまう。

「ほら、欲しがれよ」

髪を引っ張られたせいで、鏡の中にいる自分と目が合ってしまった。唇を濡らし、眼を潤ませて男を受けいれる男。

「っ……お前は、誰だ……」

無意識に口走る。こんなの自分じゃない。

「……うるさい」

不意に自分の後ろにいる高平の気配が変わった。腰骨を指が撫でる。

「くそ、……なんで」

窄まりに宛てがわれた熱が、中へ入ってくる。すっかり熟れた粘膜は、高平の欲望に絡みつく。もっと刺激が欲しいとねだるように収縮した。

「はぁ、気持ちいいんだろ、ここ……」

最も声が出てしまう部分を、いつもとは違う角度で擦られる。

肯定しか求めていない問いに、がくがくと頭を上下させる。含みきれない唾液が口の端から溢れた。

「んっ、あぁ……」

執拗に同じところばかりを刺激されて達しそうになり、慌ててシーツを掴んで耐えた。膝が震える。崩れそうな体を支えるのは高平の腕だった。

「う、ぁ、んっ……！」

抉るような腰使いに導かれ、和歩は達していた。鏡に体液が飛び散るのを、直視できなかった。

「「おはようございます」」

　翌朝、いつもの電車に乗れなかった和歩は、校門の前で高平に会ってしまった。隣には高平の兄、初がいる。今日は双子で一緒に通学しているようだ。

　初めて並んだ二人を見た。やはり背格好はほぼ同じだ。新が猫背な分だけ、少し小さく見える。

「おはよう」

　精一杯の笑顔で返した。昨日のことなどなかったかのような態度には、もう驚かない。

　昨夜、二度熱を放ってシャワーを浴びたら、高平はさっさと帰った。残された和歩は、がくがくと震える足でなんとか終電に乗り、よく眠れないまま朝にいたっている。

「っ」

　腰の鈍い痛みに立ち止まる。目の前を歩いていた双子の一人が振り返る。初だった。眼鏡の奥の目がすっと細められる。

　その眼差しは、いつもと違って冷ややかだった。

　やはり彼は自分の弟が和歩と関係を持っていることを知っている。確信した瞬間、頭が冷えた。初がこれからどう動くつもりか。高平新が、そして初も何を考えているのか。気になって仕方がない。

その日の昼休み、高平は化学準備室で会いたいと言いだした。和歩も話がしたかったので断らず、彼を招き入れる。

「今日はやらないからな」

まず先に断っておく。

「どうして」

「お前が昨日、やりすぎたせいだろ。腰が痛いんだ」

正直にそう言った。午前中の授業も立っているのがやっとだった。これ以上、無理はしたくない。

「……ごめんなさい」

不本意そうに謝って、肩を落とす。昨日とは随分違う、高平のしおらしい姿に笑ってしまった。

「反省するならやるなよ。まあ、俺も自分の過去を反省したけどな。こんなに負担かけてるとは思わなかった」

自虐的に笑ってしまう。荒淫の翌日がこんなに辛いなんて知らなかった。これまでの相手に謝りたい。

「先生は、そっちもいけるんだろ」

「元々そっちだよ。お前くらいだ、俺を抱きたいなんてもの好き」

「もの好きじゃない」

高平は少し声を大きくした。近づいてくる彼がまとう空気が一気に熱を帯びたことに気がつき、後ずさる。

「俺は、……」

何かを言いかけて高平はやめた。代わりに和歩へ手を伸ばし、有無を言わさず抱きしめてくる。

「おい、やめっ」

「ちょっとだけ。……先生、いいにおいがする。なんかつけてんの？」

懐くように顔を肩に埋めてくる高平に戸惑《とまど》う。においをかがれるのはとてつもなく恥ずかしい。

「つけてない。おい、ひとつ答えろ」

何、と目で問いかけられる。

「お前の兄は、……高平初は、このことを知っているのか」

自分を見る高平初の眼差しは、品行方正な彼からは想像ができないほど温度が低かった。初からすれば、自分は大事な双子の弟をたぶらかす教師ではないのか。

高平はゆっくりと瞬いた。それから泣く寸前のように顔を歪める。

「初のこと、気になるのかよ」

拗《す》ねた声を上げて抱きついてくる高平の頭を軽く殴った。

「いたっ」

「とにかく離れろ」

肩を押して高平の腕の中から逃げようとする。だけど彼は力を緩めず、口を尖らせてた和歩の首筋に顔を埋めた。

「なぁ、……先生は、初より俺の方が好きだろ?」

「は?」

突然の発言に目を見張る。初より、好き。その選択肢がどこから来たのか、和歩には分からない。

「お前を好きになる要素がどこにある……?」

これまでの行いを考えても、高平を好きになるとは到底思えないことばかりだ。

「……それもそうだけど」

不服そうに高平は口を尖らせた。あー、もう。そう唸って頭をかきむしっている。

「そういう問題ではなく、初が知っているなら、彼の前でもその、俺の覚悟が違うだろ」

ゆっくりと噛んで含めるように言った。

「初は知らない」

どこか感情のこもっていない声が返ってくる。

「真面目な初に話すかよ」

笑い飛ばそうとして失敗したような表情に、和歩は戸惑った。高平は兄の話題をしたくないようだ。

そういえば自分は、今日初めて双子が一緒にいるところを見た。思った以上に二人はそっくりだ。初が眼鏡を外して並んだらどれだけ似るのかとぼんやり考えた時、だった。

「なぁ、先生」

高平は和歩から離れると、窓際へと歩いていく。彼は何か言いかけては辞めるのを何回か繰り返した後、口を開いた。

「退学するには、どうしたらいい」

「?　お前はさっきから、突然何を言いだすんだ」

あまりに予想外の言葉に固まる。高平は窓から下をしばらく見ていたが、やがて振り返った。

「俺、退学する。もうここへは来ない」

じゃあ、と言って、高平が化学準備室を出て行く。追いかけるのを忘れていたと気がついたのは、かなり時間が経ったあとだった。

「勘弁してくれ……」

頭を抱える。最近、ちゃんと登校していたじゃないか。急にどうしてそんなことを言いだすのか。自分の言葉の何が彼を豹変《ひょうへん》させたのか。

口元を手で覆う。まず思ったのは、高平を退学なんて絶対にさせられないということだった。

翌週の水曜日、和歩は憂鬱《ゆううつ》だった。学年会議に出席するのが、ここまでいやだと思ったのは初めてだ。

いつもの席につく。やっぱり今日も、教頭が入ってきた。

まずは学年主任の連絡事項、次に各クラスの報告に入る。そこで教頭から声をかけられた。

「高平はどうですか。先週はちゃんと登校していたようですが」

ええ、と答えるだけで終われたら良かった。だけど現実は残酷だ。

「それが、実は高平は学校を辞めたいと言いだしているんです」

「退学?」

一瞬で会議室が凍りつく。

「理由はなんだって？」

教頭が口を開くより先に、学年主任が言った。主任には先週の内に高平の件を相談してあった。一度高平と話をしてから、教頭に話を通しておこうと決めていたのだが、高平が登校する前に今日が来てしまった。

「いえ、それがさっぱり。たぶん、本気ではないと思うのですが……」

「本気かどうかなんて悠長《ゆうちょう》なことを言っている場合ではないでしょう。二年生はこれまで退学者を出していない優秀な学年だということは、盛合先生もよく分かっているはずですが」

とげとげしい教頭の声に和歩は肩を丸めた。

「それはいつの話？」

隣のクラスの担任に問われ、状況をできるだけ簡潔に説明する。余計なことは言わない。

「言いだしたのは先週の木曜、昼休みでした。それから今日まで休んでおります」

「そんな大変なことがあったなら、早く報告しなさい」

教頭が声を張り上げ、机をペンで叩く。

「申し訳ありません。本人に意思を確認しようと、連絡がとれるのを待っていました」

頭を下げる。会議室の沈黙が痛い。

「すみません、私が高平と連絡をとれてからにしようと言いました」

学年主任が庇《かば》ってくれるが、教頭の顔は険《けわ》しさを増すだけだった。

「保護者に連絡は？」

「いえ、それがさっぱり……」

教頭の質問に首を横に振る。高平の両親と話したくて電話しているが、家政婦と名乗る人が出ても留守だと答える。伝言を頼んだが折り返しの電話は来ない。

それでは高平初から親へアプローチをしてみようと試みたが、彼に避けられているのかろくに話もできていなかった。

「とにかく、ここまで親と話せてないというのはおかしい。盛合先生、これから高平の自宅へ行きなさい」

教頭の命令に、和歩は逆らえなかった。そうするのがいいと思ってはいたのだ。週末という時間もあった。だけど行く勇気がなかった。だがここまで言われたら、行くしかない。

「はい、分かりました」

学年会議はそこで終わった。和歩はすぐに会議室を出て、職員室へ戻った。

とにかくどんな形であれ、明日は状況を報告しなければならない。高平家の住所と電話番号が書かれた紙を鞄に入れた。

「すみません、では行ってきます」

「何かあったら連絡しろよ」

学年主任が心配そうに声をかけてくれる。

「はい、よろしくお願いします」

職員室を出て、まだ生徒が残っている校舎を出る。

制服姿の多い駅から、自宅とは反対方向の電車に乗った。耳慣れない駅名を眺めながら、さて高平に会ったらどんな話をしようかと悩む。

退学したいと言われてから、和歩は考えた。もしかするとこれは、彼との関係を絶つチャンスではないかと。

明らかな保身だ。高平に退学を思いとどまれるように連絡できていないのは、そのせいかもしれない。担任教師として許されないことだ。

あっという間に降りる駅に着いた。一度訪問しているので、大体の場所は覚えている。改札を出てから、高平の家へと向かう。記憶を頼りに歩くこと五分、高平という表札を見つけた。

門にあるインターフォンを押す。高校名と名前を名乗ったら、無言で通信が切れ、門が開いた。数メートル先にあるドアから誰か出てくる。

「盛合先生?」

「あっ……」

てっきり家政婦が出てくると思ったのに、そこには私服の初がいた。もう帰ってきて着替えたのか。

「突然申し訳ない。ご両親と高平――新はいるか」

門を抜けて玄関のドアへと近づく。

「――新？」

そこで初は、ゆっくりと瞬いた。

「やっぱり分かるのか」

彼の声が、急に冷たい響きを帯びる。空気が凍りつくのを感じた。

「なんの話だ？」

何が分かるというのか。じっと初を見つめて、そこで和歩は気がついた。目の前の初は眼鏡をかけていない。一見すると高平新のようだ。

だけど自分には、分かる。彼は初だ。新ではない。分かってしまった。それはたぶん感覚的なものだ。

急に足元がぐらぐらと揺れた。口元を手で覆う。もやもやした違和感が和歩を包む。

「なんでもないです。どうしたんですか、先生が急にこんな……」

「ただいま」

初の言葉を遮《さえぎ》ったのは、同じ声だった。和歩が振り返ると、そこには制服姿の高平がいた。

だが今日、彼は登校していない。出席をとった朝を思い出す。では何故、制服を来てここにいるのか。

「先生、どうしたんですか」

その笑みは、廊下ですれ違う初と同じだ。眼鏡をかけているから、彼が初——いや、違う。

「どういう、ことなんだ」

二人の顔を見比べる。

一歩、後ろに下がった。並んで立つ二人は、和歩をじっと見ている。冷え切って張りつめた空気に息を飲んだ。足元から言い知れぬ恐怖に震える。

ここにいるのは、誰だ。家から出てきたのは、眼鏡をかけていない私服の男。帰って来たのは、眼鏡をかけた制服の男。二人は同じ顔をしている。つまり、……。

「ここでは話せないから、とにかく入って」

眼鏡をかけた彼に背中を押され、呆然としている内に家の中へ引っ張り込まれた。玄関に鍵をかける音に反射的に振り返った。今、この家の中には誰がいるのだろう。

「こんなところでは話しづらいから、どうぞ中へ」

二人に囲まれ、仕方なく靴を脱いだ。お邪魔しますと声をかけて足を踏み入れる。通されたのは真っ白いリビングだった。

「ご両親は？」

L字型のソファに座って、二人と向き合う。ここで彼らのペースに流されては駄目だ。きちんと教師として振る舞わなくては。

「いない。どっちも海外出張中」

夏から帰っていないのだと、私服の彼が言った。

「あいつらは、俺たちなんてどうでもいいんだよ」

眼鏡をかけた彼が言う。どっちが何を喋ったのか分からない。戸惑う和歩の前で、二人は続けた。

「先生、聞いていいか」

和歩が答える前に、質問は放たれる。

「……俺は、誰だ」

眼鏡をかけた彼が問う。きっちりと制服を着た彼が、じっと和歩を見ている。

「新、だろう……？」

こうして並ぶ姿をまじまじと見ると、二人が、どれだけ似ているのかよく分かった。顔立ちも体型も、まるでコピーしたかのように一緒だ。

だけど、分かる。彼は教室の一番後ろの席に座っている、高平新だ。

「『やっぱり』」

二人は同時に言った。そうして眼鏡をかけていない方がため息をついた。

「だから言っただろ」

誇《ほこ》らしげなのは、眼鏡をかけている新だ。

「驚きだな」

唇を嚙んでいるのは、私服の彼だった。忌々《いまいま》しそうなその態度が、記憶の中の姿に重なる。――最初にナオといた店で会ったのは、この男だ。

「お前が、高平――初か」

私服の彼に問う。否定はされなかった。

「どういうことなんだ……」

この様子では、二人が入れ替わったのは今日が初めてではないのだろう。

高平新がどうして日によって違う印象を受けたか。その答えがここにあるのだと和歩は感じ取った。絡まっていたものが、解けていく音が聞こえる。

「お前たちは、いつも入れ替わっていたのか」

無言は肯定と解釈し、二人の顔を見比べる。顔のパーツはすべて同じだ。

「そう。最初に先生を抱いたのは俺」

初が口元を歪めた。やはりそうだったのかと納得する。

「次は俺だ」

新は和歩を真っ直ぐに見た。つまり二度目の化学室で新か。言われてみれば、あの時の彼はどこか優しさがあった。

「じゃあ、鏡があったホテルは、……どっちだ」

「どっちでもいいだろ」

初は面倒だと顔に描いて言った。

「よくない」

はっきりさせておきたい。なんとなく、体育倉庫の彼は初だと思った。

「先生はどっちだと思う?」

新に問われ、あの時を思い浮かべる。後ろから貫かれ、乱れたあの夜、自分を抱いたのはどっちだ。

初と新の顔を見比べた。あの日の高平は、どっちと重なる。必死で記憶をたぐり寄せる。思い出せ、あの時、自分を抱いたのは——。

「……初、か」

「正解。なんで分かんの?」

初はどこか茶化すようだった表情を消した。

「違うからだ」

言葉で表現するのはかなり難しい。ただ、違う、のだ。まとう空気が、求める姿が、そして……そうだ、目だ。

二人は目が違う。同じように欲望を宿していても、初は冷たく、新は熱い。この温度差が、きっと違和感の正体だ。

滲んでいた輪郭が整理されていく。残ったのは二本の線だ。重なっているようで、すべて同じではないそれ——つまり、自分を抱いていたのは、初と新の二人、ということだ。

足から寒気が上がってきて、和歩は自分の腕を摑んだ。まさか、二人に抱かれていたなんて……。

ありえない。自分の立っている場所が脆《もろ》く崩れる感覚に、和歩は頭を抱えた。生徒と関係を持っただけでも問題なのに、双子の両方となんて、自分はなんてことをしているのか。

「先生には分かるのに、なんでうちの親は分からないんだろう」

ぽつりと新が呟いた。

「分からない？」

顔を上げる。新は眼鏡の位置を直して口を開いた。

「うちの親は、俺たちが時々入れ替わっていることに気がついてない」

どこか寂しげな口調で紡がれた内容に、和歩は耳を疑った。

「そんな……おかしいだろ。自分の子供なのに、分からないって」

「それでも、さ」

「両親はもう諦《あきら》めた」

新と初が頷きあう。鏡に映したような動きに目を見張る。

「諦めたって……」

それは親に対して持つ感情なのか。混乱した和歩の前で、新が唇を噛む。

「仕方がないだろ」

新は声を荒らげた。握った手が震えている。

「この家は、俺たちをいつでも比べる」

初が吐き捨てるように言った。

「比べる？」

理解できずに聞き返すと、二人は同時に頷いた。

「俺たちは生まれた時から、なんでもどっちが早くできるか競争させられてきた」

初が言い、新が続ける。

「俺たちは遺伝子が同じ。負けた方は努力が足りない。だから頑張れ。今考えたらよく分からない親のその理論に、俺たちは振り回された」

「なんだよ、それ……」

いくら双子であって、コピーではないのだ。性格に差があって当然だろう。

一度だけ会った、彼らの父親の顔を頭に描く。何故息子たちをそんな風に比べたのか、聞いてみたいと思った。

「お互いに勝とうとして、いがみあった。でも気がついたんだ。そんなことをしてなんになる、と」

「俺たちは競うのをやめた。そして入れ替わって学校に行ったよ。みんな気がつかなかった。友達も、先生も――親も」

「それが小六の時」

二人が顔を見合わせた。

「誰も見分けがつかないなら、二人とも頑張らなくていいんじゃないか。俺たちはそう思ったんだ」

「だから俺たちは、優等生で親の期待に応える、高平初という存在を作った」

二人の説明が更に和歩を混乱させる。二人で、作った。その意味を必死で考えてまとめた。

「つまり、二人で高平初を演じていた、と……？」

出した答えに自信はなかった。だけど二人は肯定する。

「そういうことだ」

初が言い、新は頷いた。

「言わなくてごめんなさい。俺たちは、壊れたくなかったんだ。こうするしか、なかった……」

新の悲痛な叫びに唇を噛む。

比べることは決して悪いことばかりではないはずだ。だが二人はそこで自分たちを見失ってしまったのだろう。その結果、理想の優等生を作り上げ、それを維持することを最優先した。

おかしい。どうしてそんなことを考え、実行してしまったのか。日常を装うことは、楽ではなかったはずだ。何故そんなことを、今まで続けてきたのか。そしてこれから、どうするつもりなのか。

「謝る必要はないだろ。先生だって充分に楽しんでた」

鼻で笑う初を、新が睨む。だが初は気にせず、和歩の腕をとった。

「ねぇ、先生。ひとつ試したいことがあるんだ」

「うわっ」

いきなりソファに押し倒され、初に右手を掴まれた。心配そうに寄って来た新も、和歩の左手首を掴む。

「何を、するつもりだ」

声が震えたのを隠そうとして失敗した。

「俺たち二人に抱かれてよ」

初が顔を近づけてくる。

「試したいんだ。先生が、どこまで分かるか」

刺さるような冷たい眼差しが、体に絡みついてくる。怯えたわけでもないのに、毛穴が逆立った。

「そんなことをしてどうなるんだ、やめろ」

足をばたつかせて逃げようにも、うまくいかない。初が足を押さえたせいだ。

「やめない。俺も知りたい。俺たちに同時に抱かれたら、先生がどうなるのか」

新の指がシャツのボタンにかかる。下からひとつずつ外され、下腹部が露《あら》わになった。

「無理だ、やめとけ。きっと萎えるぞ」

和歩の頭に、知らない男に抱かれていたナオの姿がよぎる。

「どうして？」

首を傾げたのは新だ。彼は和歩の上着を脱がせると、軽く畳んで脇へ退けた。

「いくら双子とはいっても、自分じゃない他の男に抱かれているんだぞ。いやになる」

あの時、和歩は後頭部から殴られたような衝撃に襲われた。自分以外の男に足を開く彼を、気持ちが悪いと思った。その嫌悪感は未だに抜けない。

きっとこの二人だって、そうなるに違いない。和歩はそう信じていた。

「「別に」」

だが二人揃って即答される。新の手が伸びてきて、ネクタイを解かれ外された。首の後ろが摩擦で熱くなる。

「俺たちはずっと、二人で生きてきた。そうしないとダメだった」

「同じものに欲情してもおかしくないだろ」

そう言って、二人は顔を見合わせた。同じように首を傾げ、不思議そうな顔をする。

「『これまでもずっとそうしてきたよ』」

「……これまで？」

そういえば、高平——新の姿をした初に会ったあの店で、彼はかなり慣れた様子だった。店長の言葉が頭をよぎる。二度しかしない。違う、あれは初と新、それぞれが一回ずつしかしない、ということだったんだ。

全身から、音を立てて血の気が引いた。つまり彼らは、これまで性行為の相手を共有してきたのか……。

胃の辺りがむかむかする。苛立ちに舌打ちした、乱れているというレベルの話じゃない。この二人はおかしい。

「初が先生と初めてした時、俺もすごく、感じた」

新はゆっくりと言葉を選びながら眼鏡を外した。

「体じゃなくて、心が震えたんだよ。びりびりして、……たまんなかった。俺も同じこと、したくて」

次に新は、和歩の眼鏡を外した。一瞬ぼやけてしまった視界のピントが合う前に、急に目の前が暗くなり戸惑う。

「おい、何を……」

どうやら目隠しをされたらしい。頭の後ろで何かが結ばれる。この細さはネクタイだろうか。隙間から光は入ってくるが、よく見えない。

「先生なら、見えなくたって分かるだろ」

耳元で囁かれる。悲しいことに、分かってしまう。今この瞬間、囁いて耳朶を舐めたのは新だ。

「あっ……」

二本の手が、体を這う。競うように和歩の服を脱がせ、露わになった性器に指が絡みついた。

「くっ……」

根元を揉まれ、軸を扱かれる。それだけで体は熱を帯びてしまう。この体は、こんなに快楽に弱いのかと罵りたくなった。

「なっ……やめっ……」

足を大きく広げられ、後孔が露わにされた。視線が突き刺さるのを感じる。

「……ひっ」

何かが後孔に触れる。熱くぬめった感触に、気持ちが悪い、と思った。指ではない、もっと柔らかい。人工物ではないと温もりが教えてくれる。つまり、これは……。

「やめろ、舐めるなっ……」

どちらかが、和歩の最奥を舐めている。舌は縁を辿り、中へ差し込まれた。くちゅくちゅと音を立てて出入りする、そのもどかしさに身をよじる。

「新、やめっ……」

見えなくても分かる。これはきっと新だ。触れた舌の動きで区別ができる。初はもっと探るように中へ進んでくる。

「なんで分かるのかな」

「ひっ、うっ……」

気がつけば、後孔を舐められて性器が下腹部に当たりそうなほど昂っていた。

「一人で感じてないで、俺にもしてよ」

「んんっ」

口に昂ぶりを突きこまれる。咄嗟に吐き出そうとする頭を押さえつけられて、奥まで押し込まれた。この荒っぽさは初だ。

唇に彼の下生えが触れる。喉奥を疲れてバランスを崩し、咄嗟に摑まったところに爪を立てる。たぶん初の足だ。いつの間にか服を脱いでいたらしい。

「くっ……はぁ、先生、口使うのうまいよな」

「……ッ、ぅ……」

頭を持たれてゆっくりと動かされる。圧迫感がなくなり、大きく開いた口から唾液が零れた。

「んんっ」

押し当てられた昂ぶりが、唇を汚す。生温い体液を舌に塗りこまれた。

見えないだけに、この状況を想像すると目眩がする。後孔を舌で弄られながら、口を犯されているのだ。しかも双子の生徒に。

こんなインモラルなこと、あり得ない。絶対にこれは現実じゃない。

逃避しながら、和歩は体を揺らした。舌だけでなく指が窄まりの中をかき回している。同じように口に受けいれた昂ぶりも口内をかき回す。上からも下からもこんなことをされたら、壊れてしまうじゃないか。

「俺、もう我慢できない」

「っ、……あ……」

舌が抜けた。口を犯していたものも出て行き、呼吸が楽になる。はぁはぁと浅い呼吸を繰り返している間に、ソファに座るように抱えられた。

背中に誰かの体がある。そう意識した次の瞬間、後ろから回された手に両足を持ち上げられた。

「……や、あっ……！」

ずぷりと音がして、正面から昂ぶりが入ってくる。ゆっくりと味わうように。

「なぁ、どっちにやられてるか、分かる？」

耳元に囁かれる。無視していると、咎めるように首筋に嚙みつかれた。

「っ……高平、……新だろう」

自分を貫いているのは新だと、肌が教えてくれた。ということは、後ろで和歩の足を広げているのは初だ。

「ほら、やっぱり分かるんだよ」

「んー、何が違うんだろうな」

二人の会話が耳を通り抜ける。和歩にだって、二人の違いはうまく説明できない。ただ違う、のだ。

「あ、乳首が尖ってる」

「やっ、ひっ……」

小さいが硬くなって存在を主張していた乳首を押しつぶされて喘ぐ。体をしならせた瞬間、奥深くまで欲望を埋められた。

「先生さ、後ろに突っ込まれてる時しか、乳首が感じないね」

初が笑っている。それが事実かは分からないし、知りたくもない。ただこの、乳首を弄りまわすのが初の指ということが分かっただけだ。

「く、はぁ、……すげぇ、奥から締めてくる」

緩々《ゆるゆる》と腰を動かされる。それから浅瀬を捏ねられ、軸全体で窄まりを擦られた。

「……ひっ……」

ひどく感じる場所を先端で押されて悲鳴を上げる。ゆっくりと抜け出るそれを引きとめようと窄まったところを、一気に貫かれた。

「っ……！」

達したかと思うような刺激だった。全身からどっと汗が吹き出す。

「お前、そんな風に動くの」

「悪いか」

「悪くない。いいな、……興奮する」

初が息を飲む音が聞こえた。腰に当たっている硬いものは、彼の性器だろうか。擦りつけるような動きが、リズムが、中を穿つ新と同じだ。おかげで体全体に響いてしまう。

「まずいな」

舌打ちがすぐそばで聞こえた。

「早くしろよ」

「待てって。もう、いく、から……！」

律動が激しくなる。口元に落ちてきたのは彼の汗か。無意識に舐め取ると、中に入っていた昂ぶりが大きく脈打った。

「あ、っ……くぅ……」

硬いものに、欲望の先端を擦られた。熱をぶちまけながらも動かれ、最後はその場に押さえつけられて、奥に射精される。

「っ、はぁ、……」

力が抜ける。唇に啄ばむようなキスをされた。

「おい」

「分かってる」

ゆっくりと昂ぶりが抜かれる。入れ替わりで、初のものが入ってきた。力が抜けきっていた和歩は、ほぼ拒むことなく受けいれた。

こうして連続でして見ると、二人の性器の形まで分かる。彼らのそれは、とてもよく似た形をしている。当たるところが一緒だ。硬さと、動きも。

「うわ、中がねとねとしてる。これはこれでいいな」

上擦った声を上げた初は、すぐに動きだした。的確に和歩の弱みを突き、声を上げさせては楽しそうに笑う。

「先生」

不意に囁かれた声の甘さに驚く。耳朶を噛まれ、勝手に背がしなる。

「くっ、……すごい、な……良すぎる」

「ああ、本当に」

初の言葉に、新が相槌《あいづち》を打っているように聞こえる。だけど変だ。この二人はきっと、同じものを見ていない。

「ん、あっ、出るっ……」

どこかちぐはぐだ。それは和歩も同じだった。体は感じている。しかしどこか物足りないまま、揺さぶられ続ける。

「っ、……出す、ぞ……」

腰を押さえつけられ、今度は初の体液が注がれる。つられて熱を吐き出しながら、和歩は目を閉じた。

「好きだよ」

新の声が聞こえる。どこか優しい、甘えた響きだ。

「俺たちは、好きなものを作っちゃ駄目だ。分かってるだろ」

とげとげしい物言いは初だろう。きっと眼鏡の位置を直しながら言っている。

ここはどこだろう。和歩は目を開けようとして失敗した。

たぶん、ベッドで横になっている。意識は浮上しているのに、体は沈んだままだ。

「でも……」

「しっかりしろよ」

何か言いかけた新を初が制したのが分かった。言わせてやれ、とぼんやりと思う。新はよく、何かを言いかけてやめる。それは決して、いいことではない。

薄く目を開けた。心配そうにこちらを見ているのは新だ。初は既に服を着ている。

何故、好きなものを作ってはいけないのか。どうして初がそれを決めるのか。聞けない言葉が脳内を駆け回る。もどかしい。

「とにかく、もうこいつに近づくな」

「無理だよ」

ドアの閉まる音がする。たぶん初が部屋を出て行ったのだろう。

「……初だって、同じくせに」

新の震えた声が、和歩の耳に残った。


「高平」

金曜日の朝、教室で和歩が呼びかけても返事はない。『高平新』は今日も欠席だ。

二人がかりで抱かれたのが水曜日。初はこの二日間もきちんと来ているが、学校では素知らぬ顔だ。いっそ見事なほど、優等生の仮面を身に付けている。

だがそこに、和歩は違和感を持っていた。どんなに装っても、素の彼らを見てしまった自分はごまかせない。

廊下に立ち、教室から彼が来るのを待つ。眼鏡をかけた彼は、最後に出てきた。

「高平、ちょっといいか」

「はい、なんでしょう」

こちらを見る目をじっと覗きこむ。眼鏡の奥に滲むもので確信した。

「お前。新、だな」

「……」

和歩の呼びかけに、新はびくりと震えた。彼はふぅ、とわざとらしい息を吐く。

「ちょっとこっちで話そう」

いいからと有無を言わさず、誰もいない化学準備室まで引っ張って行く。近くに誰もいないのを確認して、鍵をかけた。

「その眼鏡、度は入ってるのか」

高平を椅子に座らせ、自分も机にもたれた。

「一応。でもなくても生活はできる。初も一緒」

新は眼鏡を外した。見慣れた顔になった新に安堵《あんど》を覚える。

「先生はごまかしきれなかったね」

「当然だろう。なんのつもりだ、自分は学校を休んでるくせに」

椅子に座らせた新の前に立ち、和歩は白衣の腕を組んだ。

「初が今日は学校行くのが面倒だって言うから。それに俺、退学するって言ったよね。だから来なくていいじゃん」

呆れた言い草だ。ため息も出やしない。

「まだ正式な届は出ていないぞ。それに、なんでやめる必要がある」

「なんで、って……それは、俺が」

新はそこで言葉を切ると、口を噤んだ。迷ったように目を泳がせ、だがすぐ和歩を真っ直ぐに見つめた。

「俺、先生が好きだ」

言われた瞬間、鼓動が早くなった。新は真顔だ。とても冗談を言っている様子はない。

「好き？」

思わず聞き返す。

「それはお前、憧れや勘違いではなく、か」

自分の過去と照らし合わせて、そう聞いてしまった。すると新は、露骨に呆れた顔をする。

「憧れ？　先生のどこにそんな要素があんの？」

似たような返しを自分が前にしたことを思い出しつつ、頷く。

「……まあ、そうだな」

言われてみれば、自分が彼としたことがとても憧れに繋がるとはとても思えない。

「よく分かんないけど、俺は先生じゃなきゃいやだ」

でも、と彼は続ける。

「俺が先生を好きになること、初は許さないと思う」

「初が？」

どうしてそこに初の名前が出てくるのか。すぐには分からなかった。ただ初が、新の気持ちを否定していることだけは分かる。

「もしかして、急に退学したいと言いだしたのも、そのせいか」

うん、と新は答えて俯いた。

「本気なら、先生から一度離れろてみろって言われた。先生と生徒より可能性が上がるからって」

無茶苦茶な理論だ。だがそれを、新は信じてしまった。そこにあるのは、これまでの二人の結びつきの強さだ。新は初を疑わない。

「でもやっぱり、離れたくない」

「……新」

もし彼が生徒でなかったならば、どうなっていただろう。そんな考えが頭をよぎる。好みのタイプではない、抱かれる立場にも納得していない。そもそも三人で性行為なんて考えられない。否定したいことばかりなのに、突き離せないのは何故か。肌を重ねることで覚えた快感を、相性がいいという言葉で片付けていいのか。

答えが導かれそうになって、和歩は慌てて意識を切り替えて新に向き合った。今はそんな仮定を考える場合じゃない。

「ふざけたことを言うな。お前は俺のクラスの生徒だ。絶対に退学なんてさせない」

自分が高校生だった頃、親身になって相談に乗ってくれた直嶋を思い出す。彼が手を差し伸べてくれたから今の自分がある。今度は自分が、新に手を伸ばす番だ。そう思えた。

「……でも、初が……」

困る、と小さな声で新は続けた。

「初は真面目な優等生なんだ。たまに息抜きをしたくてもできなくなる」

やはり新は初に、二人が作った高平初という優等生像に縛られている。それを守るために、自分を犠牲にして当然と考えているようだ。

どこで彼は、そんなに歪んでしまったのだろう。

「そんなこと、お前に関係ないんだぞ」

和歩の指摘に、新は目を見開いて固まった。そんなこと考えてもいなかったという顔だ。

「関係ない……？」

「そうだ。だって初のことだろ？」

うまく分離できずにいる二人に、どうしようもないもどかしさを覚える。どうすれば、二人のいびつな世界を壊せるのだろう。

初と新は、お互いがお互いを逃げ道にしてきた。そうして二人だけの世界を作ることで、争いを避けたのだ。

それは本来、防御だったはずだ。しかし二人が作った壁は強力すぎて、誰も寄せつけなかった。そうして二人だけの世界が残された。

だけどもう、そこにはひびが入っている。いつかは壊れるのだ、今ここで、壊してしまおう。

たぶん、この関係により執着しているのは、初だ。二人の態度から和歩はそう思っていた。新はどこか初に引きずられている部分がある。彼が気がつき、行動すれば、大きく変われるかもしれない。

「俺は今、初のことを聞いていない。本当のお前は、どうしたいのか聞いている」

「……本当の、俺?」

聞き返した新が、ゆっくりと瞬きをする。

「分かんない」

彼は迷いもせず、微笑んだ。

「分からないんだよ。考えたことないから」

いっそすがすがしいと言えるほど、迷いのない表情だ。きっとこれが、新の本心なのだろう。

「いいのか、それで」

静かに問いかける。新は頷こうとして、止めた。伏せられた眼差しが揺れている。和歩は身を乗り出した。

「このままじゃ駄目だとは思ってる。さすがにこの年まで、こんな風にやっていくとは考えてなかった。でもどうすればいいか、……本当に、分からない」

新は両手で顔を覆った。

「お前はお前だ。他の誰でもない」

表情を隠してしまう手を外し、頬を包んでやる。こちらを見つめる目の奥にある戸惑いに、直接話しかけた。

「お前は、高平新だ」

「う、うん」

揺れる眼差しから目を逸《そ》らさず、言い聞かせる。彼の内側へ、言葉が染み込むように。

「俺はお前を比べる。初とだけじゃない、クラスの、学年の、この学校のみんなと」

比べるという言葉に一瞬肩を揺らした新へ、微笑みかけた。

「でもそれは、俺がお前を、認めているからだ」

戸惑うように泳ぐ目は、まだどこか不安そうだ。そう簡単に彼の意識は変わらないだろう。それでも、ほんの少しでもいいから、彼が楽になるようにと続ける。

「お前には、一人の人間として生きる権利も自由もある。もう、お前を汚すな。生きたいように生きろ」

新は瞬きを忘れたようにその場に固まっていた。それから一気に、顔のパーツすべてを緩めて笑った。

「ありがとう。先生は、俺の欲しい言葉をくれている……気がする」

「曖昧な言い方だな」

だがそれでも上出来だろう。まだ彼の中で、信じてきた価値観は揺れている。

「分からないんだよ。自分が何を欲しいのか、何を望んでいるのか。本当に、全く分からない」

消え入りそうな声で新は続けた。

「俺はずっと、初の苦手な部分をフォローしてきた。それが当たり前だった。そうやって俺たちは、高平初っていう存在を守ってきた。そのためには、高平新がどう評価されるかなんて考えなかった」

自分を殺してまで理想の『高平初』を作り上げた二人を、痛々しいと表現してもいいだろうか。

和歩は迷った。それでも、二人のこれまでを頭から否定したくはなかった。

「仕方ない。そうやって空気を読まないと、新は生きていけなかった、か？　それで居場所を見つけていたんだろ」

「なんで……」

戸惑いを隠さず、新は和歩を見つめた。どうやら図星だったらしい。

「なんとなく分かるよ。俺も実家にいる時、そうだった」

和歩の話に興味を示したのか、新が伏せ始めていた顔を上げた。

「実家で……？」

不思議そうな顔をする新に頷いた。

「そう。俺、兄と姉と妹と弟がいるんだ」

「は？」

新は目を丸くした。そうすると彼はとても幼い印象になる。

「驚くだろ」

よくある反応だ。兄弟はと聞かれて素直にこう答えたら、高確率でびっくりされる。

「五人兄弟の三番目。真ん中なんだよ。それに昔はじいちゃんとばあちゃんがいた。多いだろ」

新は黙って頷く。

「喧嘩《けんか》すれば、強い方についた。子供なりに処世術を身に付けて育ったんだ。だけどそうやって人の顔色を見て生活するのは、すごい疲れる。一人になった時、自由が嬉しくてたまらなかったな」

そこまで言ってから、ふと先日届いた弟からのメールを思い出した。

「おかげでまあ、いてもいなくてもいい存在になってるけど」

母親の誕生日、実家に行かなかったことを、和歩は誰にも責められなかった。顔を出さなかったのは自分が悪いと分かっている。それでも、和歩がいなくたって母の誕生日になんの影響もないという事実は、突きつけられると虚しいものだ。

「強がっているように聞こえるけど」

新の指摘に苦笑する。そうかもしれない。だけど認めるつもりはなかった。

「まさか。お前の前で弱みなんか見せるか。それに、結婚とか孫とか期待されないのは助かるんだよ」

これもまた本心だ。学生時代の友人から結婚するという話を聞くのも珍しくなくなってきた。自分には縁がないものだけに、結婚や子供を求められずに済む今の環境は恵まれていると思う。

「あ、そっか先生、男しかダメなんだ」

「そうだ。細胞分裂でもしない限り、子供なんてできないだろう」

細胞分裂、と繰り返して新は笑った。

「そんなことできても、苦しいだけだよな。俺と初だって、分裂したはずなのにこうして比べられるんだから」

「それは……」

違う、と言いきれなかった。首元のネクタイを少し緩めてから、和歩は新に手を伸ばす。

「俺、やっぱり先生を、好きでいたい。ダメかな」

潤んだ目が訴えてくる。和歩は新の手をそっと握った。

「駄目じゃない。お前は誰を好きになってもいい。お前の自由だ。初に遠慮する必要もない」

初の名前を口にすると、新の目が揺らぐ。手を引き寄せ、和歩は俯こうとする新と視線を絡ませた。

今、目を逸らしたら彼は元に戻ってしまう。ここで引いてはいけない。

「俺たちで初に、分からせてやろう。無理して優等生を演じる必要なんてないって」

「そんなの無理だ」

新の目が輝きを失う。どうも彼は、初が絡むと臆病《おくびょう》になる。最初から諦めているようでは、前へ進めないというのに。

「俺に考えがある。協力してくれないか」

新の首に腕を回し、顔を寄せる。耳元にそっと囁いた。

「お前にだけ、できることなんだ」

そう言った途端、新の目が輝いた。それに満足して、和歩は唇を歪める。

人間には誰だって、自分でやってみたいという欲求がある。幼い子供には顕著《けんちょ》で、なんでもやりたがるものだ。

大人の真似をしたがり、自分の手でやりたがって、失敗する。何度か挑戦して、やっとできるようになる。そういった経験の積み重ねが、一人の人間を作っていくのだ。

だけどそれをさせず、周りが勝手に先回りしてやってあげたり、間違えを厳しく怒ってしまったりすると、そこから先へと進めなくなる。

今の新はその状態に似ていた。彼は自分というものを殺し続け、初に従い続けていたから、どうやったら前に進めばいいかも分かっていない。本当は今すぐにでも、一人で駆けだせる力を持っているのに。

「来週の土曜日、模試があるだろ。その後、初に黙って俺の部屋に来い。いいな？」

新は顔を伏せて黙った。和歩は返事を催促《さいそく》せず、ゆっくりと待った。

押しつけられた答えでは意味がない。新自身が選ばなくてはならない。そうやって考えて、決める。そのプロセスが大事なのだ。

「……」

やがて新は、黙って頷いた。彼の頬に触れる。頼りなげな瞳に微笑みかけ、彼の唇にご褒美《ほうび》のようなキスをした。


「盛合先生」

廊下で教頭に声をかけられたのは、翌週の学年会議の直前だった。

「高平弟は真面目に登校しているようだね」

新が退学の意思を撤回したことは既に報告してある。その後も彼は登校するようになっていた。新には特に変わった様子はない。どちらかというと、初がぴりぴりしているように見える。

「これからは真面目に通うそうです」

「そうか！　よくやったじゃないか。君ならできると思っていたよ」

教頭はにこやかに和歩の肩を叩いた。

「いえ、私は別に」

「君の指導の賜物《たまもの》じゃないか。謙遜《けんそん》しなくていい」

生徒のために親身になる、そんな教師に憧れていた。その結果がまさか、こんな歪んだ形で実現するとは思わなかった。

決して世間的に褒められた方向ではないと分かっている。それでも、今のまま初と新を放ってはおけないのだ。

どうにかあの二人を、変えてやる。その決意を胸に、和歩は教頭と向き合う。

「これからもよろしく頼むよ」

にこやかな教頭に、和歩ははい、と笑顔で答えた。罪悪感が胸を締めつけ、何かが壊れたような音がした気がするけれど、きっとどちらも気のせいだ。

十一月の第一土曜日は、予備校模試の団体受験日だった。校舎は解放されている。和歩は試験監督に当たったので、いつもの時間に職員室に着いた。出勤している教師は少なく、室内は静かだ。

部活の顧問を持っていないので、たまの休日出勤くらいは仕方がない。和歩は業者から届いていた問題と解答用紙を手に、模擬試験を行う教室へ向かう。

授業ではないので事務的な挨拶をすると、すぐに問題と解答用紙を配る。あくまで模試であり、不正をしても成績には影響しないので、通常の試験より気は楽だ。

だが教頭はこの模試の結果をよくしようと必死だから、生徒には頑張ってもらいたい。このクラスの監督は和歩一人で、廊下に学年主任が立っているので、何かあったら対応してくれる。

模試が始まる。教室内は紙をめくる音と、文字を書く音だけになった。

椅子に座って教室を見回す。欠席は一人だけだ。余った問題用紙を眺める。一時間目は英語だ。二問目から答えが分からなくてそっと閉じた。

どこからか視線を感じて顔を上げる。みんなが問題に意識を向けている中、新だけが和歩を見ていた。眼差しから伝わってくる熱に口元を歪める。

試験に集中するよう目で促《うなが》してから、和歩は胸ポケットに入れたメモを確認した。自分の家の場所と簡単な地図を描いたメモだ。

これをいつ、彼に渡そうか。

考え事をしていると、百分は思っていたよりも短かった。終わりの合図をして、解答用紙を回収する。これが終わると十五分の休憩だ。一気に緊張が解けた教室から出て、職員室へ向かう。

廊下を歩いていて彼を見つけた。思ったよりも早くチャンスが来た。

「おい、高平」

「なんですか、先生」

振り返った彼は、見事なまでに優等生の顔をしていた。

和歩が声をかけたのは、初だ。後ろ姿でも分かる。

「模試の後、暇か」

和歩から誘ったのは当然のことながら初めてだ。わずかにだが驚いたように眼鏡の奥の目を丸くした初は、ちらりと周囲を確認すると、無言で頷いた。

「じゃあ、後で。……ここに、来い」

メモを取り出して渡す。返事は聞かなかった。そのまま職員室へ行き、次の教科の問題を取ってまた教室へ向かう。

今回の模試は三教科で行われる。次の数学も百分。昼休みを挟んで、国語だ。つつがなく試験監督を行う。すべての解答用紙を回収して予備校の封筒に入れた。これで今日の仕事は終わりだ。

「お疲れさまでした」

学校を出るのは、予定より二十分ほど遅くなった。校門を出てすぐ、和歩はメールを打って送信した。

今夜は長くなりそうだ。だが駅へと向かう足取りは軽かった。


「入れよ」

「お邪魔します」

そう言って部屋へと入ってきたのは、新だ。近くの駅で待ち合わせて、一緒に帰宅した。

担任教師が生徒を自宅へ誘う、という状況は、男子校とはいえ問題になるだろう。だがもうそれすら、自分がしてきたことやこれからすることを考えれば、どうでもよくなってくる。

「適当に座れ」

室内を見回している新の背中に言い、自分も中へ入る。ドアに鍵はかけなかった。

「……なんだ」

立ったままでいる新に首を傾げる。彼はまじまじと部屋を眺めて言った。

「殺風景だ」

「こんなもんだろ。いいから座れ」

今度は言われた通り、大人しくその場に座った。この部屋に誰か来ることなど滅多になく、未成年の新に出せる飲み物は水しかなかった。

「――うまくいくかな」

水を飲んだ新は、深呼吸をしてもそわそわと落ち着かない様子だ。彼には初を呼ぶことを言ってある。

「大丈夫だ。俺を信じろ」

新の目が輝く。うん、と頷いた彼は、和歩の肩に手を置いた。何をされるか分かって、目を閉じる。ほんの少しだけ首を傾けた。

唇が重なる。柔らかな感触が気持ちいい。すぐに離されたら物足りなかった。

首の後ろに腕を回す。戸惑うように目を伏せた新に笑いかける。こんなかわいい顔もできるのか。年相応の、いやもしかするともっと幼いかもしれない表情を見せてくれたことが嬉しい。

新が懐くように頬を寄せてくる。じゃれあうように唇を重ねては離す。甘ったるい口づけをしながら、和歩は新に体重をかけ、その場へ押し倒した。

「え、……する？」

「いやか？」

制服のボタンをひとつずつ外す。首を横に振る新の目に、これまでと違う色をした熱が宿った。

和歩の呼吸も乱れる。興奮していた。とにかくすぐにでも、熱を感じたい。発情しているのは、新だけではないのだ。

耳を噛み、首筋を啄ばむ。胸元に指を這わせたが、新はくすぐったそうにするだけだ。

「でも、……初が……」

「来たら見せてやればいい」

ベルトに手をかける。前を開き、下着越しにも隆起していると分かる昂ぶりを撫でた。

「んっ」

小さく声を上げた新の態度に気分が良くなって性器の形をなぞるように指で辿る。先端から溢れた蜜が下着の色を濃くした。

「っ、先生……」

腰を突き上げる新を見ているだけで、和歩も昂った。

下着の中に指を入れ、新の欲望を取り出す。既に熱くなっているそれを両手で持ち、手のひらで包み軽く扱いた。

「舐めてくれんの」

「ああ」

床に跪《ひざまず》き、新の昂ぶりを捧《ささ》げ持つ。先端にちゅっと吸いついただけで、そこが熱を持っていく。先端の丸みを唇で楽しんでから、窪みに舌を入れた。ちょっと舐めただけで、素直にびくびくと反応するのがかわいい。

「それ、やばいって。いっちゃう」

新の腰が震えた。口に含んだ欲望が力強く脈打つ。ああ、また大きくなった。ずるっと口から引き抜いて、濡れたそれを両手に包む。

「……いけ、よ。俺にかけな」

新の視線を意識しながら、舌を突き出した。根元の袋を指で転がし、先端までを扱く。

「っ……あ、出るっ……」

目の前で、熱が弾けた。眼鏡にまで体液がかかる。ぬるつく肌に擦りつけるように、新が性器を頬に押し当ててきた。

「すごいな、こんなに」

頬についたそれを親指で拭い、舐める。苦いはずのそれが、やけにおいしく感じた。

「先生っ」

声を弾ませた新が、和歩の腰を抱く。自分が出したものを舐め取った彼は、中途半端に乱したままだった制服を脱ぎ捨てた。

裸になった新は、和歩の服を乱暴に剝《は》いだ。お互いに何も身に付けない状態で、ぴったりと密着する。昂ぶりが擦れ合っただけで、血液が沸騰した。

「は、ぁ……」

くびれを軸に押し当てられると、だらしなく口が開きそうなほど感じてしまう。

触れ合った部分から起きた熱が、体の内側を駆け回る。新の指は休まずに和歩のさまざまなパーツをまさぐった。

「早くここに入りたい」

切羽詰まった声と共に、後孔を撫でられる。用意していたローションを手渡すと、そのまま下肢へかけられそうで、慌てて手のひらに出すように教えた。

「そう、それで、……ん、一本から、な」

ぬめりをまとった指が、内側へと入ってくる。異物感はあっても不快というほどではない。それに耐えていると、今度は指が二本になった。

「……うっ」

指が三本になり、揃えて抜き差しされると、勝手に腰が揺れてしまう。もういい。早く来い。言おうとしても言葉にならない。

「んぁ」

指が抜け落ちた瞬間、感じる部分を擦られて達しそうになった。

「入れさせて」

かすれた声で新が言い、馴染ませた入口に欲望の先端を含ませては引く。わずかな痛みを伴うその動きが、和歩を興奮させた。

「ああ、……来い、よ……」

新の昂ぶりが、縁を巻きこむようにして、入ってくる。後孔が喜ぶように締めつけ、新が呻いた。

「っ……力、抜いて……」

「分かってるっ……」

そこが自分の居場所だと主張するかのようにゆっくりと、最奥まで埋められた。

「はぁ、……気持ちいい……」

うっとりした声を上げた新が、和歩に覆いかぶさってくる。汗に濡れた体から力強い鼓動が伝わってくる。

和歩はそっと息を吐いた。体の奥が熱い。ろくに触れられてもいない欲望は既に興奮状態だ。

新は和歩の中に埋めたまま、殆ど動かない。和歩の体を揺らしたり、戯《たわむ》れのようにキスをしたりしては、幸せそうに笑う。

応えるように和歩は新の頭を抱いた。頬を擦り寄せて懐かれる。彼はきっと甘やかされたいのだろう。それを察して、特に動きもせずただ肌を密着させる。

もぞもぞと動いていた新が顔を上げた。

「先生、……好き」

幸せそうな表情だった。この笑顔を、自分のものにしたい。

口元が緩む。かわいい。こみあげてくる気持ちのまま、和歩から口づけようとした時、チャイムが響いた。新の動きが止まる。

「来た？」

「ああ、たぶん。――入れよ」

ドアに向かって声をかける。わずかな間の後、ドアが開いた。立っていたのは、制服姿の初だ。

彼の持っていた鞄が、床に落ちて重たい音を立てた。

「何してんだよ」

初は不機嫌さを隠しもせず、ずかずかと部屋に入ってくる。

「見れば分かるだろ。セックスだ」

和歩は新の頭に手を伸ばし、そっと撫でた。

「やっぱりやってたのか」

初は腕を組み、繋がったままの和歩と新を見下ろす。新の体が竦むのを感じとり、和歩は宥めるようにその体を抱きしめた。

「別にいいだろ、やっても」

「よくない。もうこいつに近づくなよ」

初が新の肩を押した。新は何も言わず、和歩に縋りついてくる。その力が、頼られているのだと教えてくれた。

「離れろ」

「いやだ」

声を上げたのは新だった。初の目がきつく眇められ、右手が振りあげられる。殴ろうとする手を阻むため、和歩は新から体を離した。繋がりを解く瞬間、全身に震えが走る。

「……殴っても、どうにもならないぞ」

呼吸を整えて初と向き合った。

「こいつが勝手なことしたんだろ」

声を荒らげた初が摑みかかってくる。和歩は黙って揺さぶられた。それで彼の気が済むなら、そうすればいい。

「初……」

新は後ろから初に抱きついた。腕を押さえられてしまった初は、不意にだらりと体から力を抜く。彼の目が、光を失っていた。

「先生は、新を選ぶのか」

両手を握りしめた初が、震える声で言った。

「なんで新なんだよ。どうして俺じゃないんだよ。おかしいだろ」

それが彼の心からの叫びなのだろう。いつだって選ばれるのは初だった。この二人は、そうじゃなきゃいけないと思いこんでいた。そのために二人で高平初を演じ続けていたのだ。それぞれの個性を潰《つぶ》してまで。

だから、壊してしまおう。二人が信じているものを。

「そうだな。俺はおかしい。ほら、離せ」

「なんで、なんでだ……！」

食ってかかる初をいなし、新に腕を離すように言う。呆然としている初の手を引き、その場に座らせた。

「お前たち二人にやられて、それでもこうして新にのっかっていた俺は、おかしいんだよ」

自嘲する。まともではない自覚くらいある。だけど同じことが、この二人にだって言えるはずだ。彼らがしてきたことは、どう考えてもおかしい。

「……本当だよ。おかしすぎる。それになんで新なんだよ。そんなに俺が、……嫌いなのか」

絞り出した初の叫びに、和歩は答えなかった。

「そうなんだろ。いやならいやだ、お前なんて嫌いだって言えよ」

壊れた機械のように同じことを何度も繰り返す初の姿に、顔を歪める。そうじゃない。どうして彼は、分からないのだろう。

「どんなに求めたって、お前の望む答えなんてやらないぞ」

和歩は初の頭を抱きしめた。

「俺はお前が、――お前たちが、嫌いじゃない」

腕の中の初が身震いした。そっと髪を撫でてやる。

「俺は新だけを選んだんじゃない」

隣にいた新の顔が苦しげに歪む。それでも、和歩は続けた。

「まだお前にも、チャンスはある」

「先生」

新の手が和歩の腕を掴む。唇を噛みつつも和歩を熱っぽく見る彼は、自分がどうすればいいのかもう理解している。和歩はゆっくりと頷いた。

「どうする、初」

自分の考えは間違ってない。この二人は絶対に自分を欲しがる。根拠のない自信が、そして期待が、和歩にはあった。

「先生……」

誰にだっていいところも悪いところもあって当たり前だ。それが分からずにねじれたまま、この双子は育ってしまった。

歪んだ二人を、この手で二人の人間として離してやりたい。競い合い、勝つことの喜びと、負けることの大切さを知って欲しい。綺麗《きれい》事かもしれないが、そうしてその勝ち負けを教えるのが、自分であればいい。

「なぁ、初」

抱きしめていた初をわざと乱暴に突き離して、呆然としている彼の目をじっと見つめる。

「俺が欲しいなら、お前も来い」

右手を差し出す。初が手を伸ばせば、すぐ触れる場所に。

さあ、この手をとれ。

初の視線が糸のように絡みついてくる。だが彼は動かない。和歩の手を取ったらもう戻れないと分かっているのだろう。

「いやなら別にいいんだぜ。俺には、新がいるから」

だから揺さぶる。迷え、そして選べ。目で訴える。新の指先がわずかに動いた。さあ、どうする。

「初」

ゆっくりと彼の名を呼んでから、その唇で新にキスをする。熱を帯びた眼差しに煽られ、大胆に舌を差しこんで唾液を交換する。

「っ……新、……」

唇をわずかに離す。新はじっと、初と同じ量の、だけどもっと高い熱を持って、和歩を見ていた。

ぞくぞくする。それはこれまで自覚したこともなかった、薄暗い欲望だった。好きになって欲しい、愛されたいなどという、かわいらしいものではない。執着されたい。自分だけを見て、求めて、競い合って欲しい。そうされることで、自分は満たされる。

他の男に抱かれるナオの姿を見た過去が脳裏によぎった。あの時、混ざるかと聞かれてむかついた。しばらく勃たなくなるほどの衝撃だった。

今ならば分かる。自分は恋人の浮気がショックだったのではない。後から混ざるという立場にされたことに、嫌悪を抱いたのだ。

誰かと恋人を奪い合う、分け合うなんて和歩にはありえない選択肢だ。むしろ和歩が望んでいるのは、その逆だ。奪いたいと思うほど、愛されたい。和歩でなければ駄目なのだと求めて欲しい。

　気がついてしまった自身の歪みを、和歩は笑った。自分は二人に偉そうなことを言えるような立派な人間じゃない。ただとにかく、愛されたいだけなのだ。

「ん、……お前の、くれ……」

　体を反転させ、尻を新の下肢へ押しつける。さっきまで受けいれていた性器を後孔で擦るようにすると、腰を強く摑まれた。

「あ、んっ……！」

　ずぶずぶと入っていくそれが、熟れた粘膜を擦る。気持ちいい。感じているのを隠さずに、初を見上げた。

「くそっ」

　初は舌打ちし、和歩を睨んだまま、手を伸ばしてくる。

「二人でやってんじゃねぇよ」

　荒々しい言葉と共に、新から離されて唇を初に奪われた。すぐに入ってきた舌先を軽く嚙む。

「俺だって、先生が……」

　好き、という二文字は、キスに溶けた。

　これで自分は、二人を手に入れた。考えただけで、心が昂る。体が勝手に揺れ、受けいれた新の欲望が力強く脈打つのを感じ取った。

「くそっ、なんで……」

告白しておいて不本意なのか、初は顔をしかめている。それでもキスをやめない。音を立てて舌を絡めた。

お互いに目は閉じなかった。初は睨むように和歩を見ている。それでも、彼が口にした好き、という気持ちが伝わって来た。

「先生は初の好みのタイプなんだよ」

耳元で新が囁いた。意外な事実に目を見張る。

「うるさい」

唇を離した初は、耳まで赤く染めていた。

「そうなのか」

二人の顔を交互に見る。うん、と頷いたのは新だ。彼は熱を埋めたまま、動かずに話し始める。

「ずっと先生が担任なのを羨《うらや》ましがってた。あの店で見かけた時、絶対にやるって決めてたって。帰って来たらハメ撮り見せてどんだけやったか自慢してきた」

「黙れ」

憮然とした顔で初が体を離した。

「へぇ、そんなに俺が好みだったんだ」

知らなかった。じっと見つめると顔を逸らされてしまう。頬が色づいているのがかわいい。

「ほら初、お前も脱げよ」

誘うように舌舐めずりする。効果はてきめんで、初は性急な仕草でベルトを外し、素直に制服を脱ぎ捨てた。

「なんだ、もう大きくなっているのか」

現れた彼の性器は、すっかり昂っていた。ごくり、と喉が鳴る。今、この体に埋められているものと同じ大きさだ。

「煽ったのは先生だ。……ほら、これ、好きなんだろ」

後頭部に手がかかる。頭を引き寄せられ、頬に欲望を押し当てられた。

「なんか濡れてるけど、もしかして顔射された後？」

「そうだよ」

新が答えた。初の指が和歩の髪をそっと撫でる。

「へぇ、だからこんな、エロい顔してるのかな」

先端のぬめりを押しつけられる。何度か好きにさせてから、唇に迎え入れた。同時に、汚れた眼鏡を外して放り投げる。

「んっ」

初の昂ぶりを口に含む。全体を緩く唇で扱いてから、舌先で裏筋を舐める。

「っ……なんだよ、うますぎだろ……」

我慢できなくなったのか、初の腰が揺れ始めた。喉奥を突かれるのは苦しい。眉を寄せるが、唇を窄めて吸いつくのはやめなかった。

「……く、……ぅ、……」

初は和歩の頭を摑んで、乱暴に上下させた。この荒々しさがたまらない。いつも周囲に求められる優等生として振る舞ってきた初が、その顔をかなぐり捨てて欲に溺《おぼ》れている。

和歩の唇を使って極めようとしているのだ。

「……ん、……っ、ふ、ぅ……」

「俺たちに突っ込まれて、気持ちがいいんだ」

初に言われて意識する。自分は今、この二人に貫かれているのだと。

ひどい顔をしているだろう。新にかけられた精液は軽く拭いただけだし、唾液と体液にもまみれている。

「上からも下からも入れたら、中で混ざるかな」

人体の構造を無視したようなことを言い、新が腰を揺らす。そんなことできるはずがない。でももしもできるなら……、自分の中で、二人を混ぜてしまいたい。

「これ、新のか」

和歩の顔についた精液を指ですくった初は、躊躇わずにそれを口に含んで顔をしかめた。

「まずいな」

「ひでぇ」

笑いながら、新が顔を寄せた。初もそれに応える。

二人が、唇を重ねた。触れるだけで離れ、角度を変えて、もう一度。

お互いが別の人間だと分かったからこそ、二人は唇を求めあっているのだ。そう解釈して、和歩は微笑んだ。

「初、……ここにお前も来るか」

いきなり足を抱えられ、和歩は焦って口に含んでいた初の昂ぶりを吐き出した。

「ひっ」

新の昂ぶりを受けいれて、限界まで広げられた縁を撫でられる。爪の感触にぞわぞわと甘い痺れを覚えた。

「……そこに?」

初は、和歩と新が繋がった部分に顔を近づけた。二人が何をしようとしているのか分かり、和歩は顔色を変える。

「おい、やめろ、無理だ」

新だけでもきついそこに、同じ質量の初が入ったら、どうなるか。想像しただけで身が竦む。自分の中で二人をひとつにしてみたい気持ちはあったが、それはあくまで比喩《ひゆ》的なものだった。

「大丈夫だ。力を抜いて、先生」

新が宥めてくれるけれど、そんなことで体から緊張はなくならない。初はベッドに座ると、ローションを手にとって指を滴るほど濡らした。

「初、やめよう」

怯えのせいで体温が下がる。和歩は逃げようとしたけれど、新が腰を摑んでいるせいで動けなかった。

「なんで？　やってみようぜ、無理ならやめる」

充分に濡れた指が窄まりを撫でた。ほんの少しだけ新が腰を引く。

「うわ、ぁあっ」

めくれた縁を押し込むようにして、指が入ってくる。痛みよりも違和感が強い。新の性器に沿うようにして何度か出し入れされた指が、前立腺を擦った。

「あ、や、めっ……」

全身から力が抜ける。その隙にとばかりに、指の数が増えた。

揃えた指を二本、根元まで埋められてばらばらに動かされて、声も出ない。

「もう少し濡らしておくか」

初によってローションが足されたそこは、ぐぷぐぷと派手な水音を立てる。

「くすぐったいな」

笑いながら新が耳朶を噛んだ。脱力している和歩を抱きしめた彼は、耳に舌を差し入れては中を舐る。

「っ、あっ……」

「これくらいなら、いけるかな」

指が引き抜かれる。目の前で膝立ちになった初が、腹につきそうなほど昂った性器にローションを垂らした。

喉が鳴る。別に待っているわけじゃない。だけど、目が離せなかった。

初の昂ぶりが、既に新を受けいれている窄まりに宛てがわれる。

「くっ、……う……」

ほんの少し埋められただけで、体が引き裂かれそうな痛みに襲われた。無理だ、壊れる。恐怖に噛んだ唇が切れたのか、血の味が広がる。

「む、りぃ……あ、うっ……」

全身から汗が滲む。萎えかけた性器を新が握り、緩く扱く。意識が一瞬そちらに向かったその時、ぐぷっと音を立てて、そこが広がった。

「……あ、ああっ……！」

　縁を通り抜けた瞬間、和歩の中でスイッチが入った。あるはずの痛みがない。代わりにどくどくと脈打つ昂ぶりの熱さと、指先まで広がる快感が鮮明になった。

「ひっ、……あ、んっ……！」

　おかしい。一皮むけたみたいに全身が敏感になり、呼吸をするだけで痺れる。少しもじっとしていられない。

「っ……なんだ、これ……」

　初は目を見開いて固まっていた。

「すげぇ、……やっぱり先生、すごいっ」

　うっとりとした口調で新が言い、後ろから抱きついてくる。汗ばんだ肌の感触に鼓動が跳ねあがった。

「……うそだろ、おい……」

　和歩はそっと下腹部を撫でた。熱くなった体が、勝手に昂り始める。

「この奥に、お前たちがいる……」

　満ちる、という言葉が浮かんでは消える。二人にくるおしいほど求められているこの状況は、きっと和歩がずっと欲しかったものだ。

　ぴくり、と内側に受けいれた楔《くさび》が脈打った。和歩の肩越しに、新と初が視線を絡ませて頷き合った気配がする。

「ひっ、まだ、動くなっ」

急に二人が、体勢を変えた。和歩は新の上に後ろ向きに跨がったまま、正面にいる初に抱きしめられる。

「じっとしてるのも辛いんだよ」

「もう平気だろ、先生」

まず初が、次に新が、ゆっくりと動きだす。内側をばらばらに擦られ、声にならない悲鳴を上げた。

限界まで引き伸ばされ、薄く敏感になった粘膜を、昂ぶりが容赦なく捏ねり、擦る。交互に、同時に。そうして覚えた熱が、窄まり全体の温度を上げた。そこから燃えだしそうだ。

「……は、ぁ、……激しすぎだっ……」

好き勝手に動いていた二人のリズムが、少しずつ重なっていく。めくれた縁を戻され、ねじれた粘膜を穿たれる。

狭いそこは壊れてしまうかもしれない。だがそんな恐怖すら、今は興奮のスパイスにしかならなかった。

「んっ、……ふぁ……」

ちょっと動いただけでも、ぐちゅぐちゅと派手な水音が立つ。泡立てるような勢いでかき回されて、自分でも驚くほど高い声が迸った。

「「……っ……」」

息を詰めた初と新、二人の鼓動を感じる。それに自分のものまで重なって、どんどん早くなっていった。

このままだと狭いそこが破裂する、そんなぎりぎりのところにある快感に脳が痺れる。

「……あっ……ふ、ぁ……！」

快感に溺れる。このままだと沈んでしまう。それでも構わない、と思った。――こうして二人とも、俺のものになるならば。

和歩は自然と笑みを浮かべていた。作ったものではなく、心からのそれを、二人に向ける。

「もっと、……こい、よ……」

愛しい質量を味わうように、和歩は腰を振った。擦られたところが熱くなって、全身を燃え上がらせる。

「なぁ、……俺が、好きか」

問いかけに、二人は頷いた。そうして同時に、

「「好き」」

という。その答えに和歩は満足した。自分を好きといってくれる二人は、とにかくかわいい。

吹き出した汗を拭う余裕などなかった。二人の動きに合わせて揺れて、高みへと向かう。伸ばした右手は初を抱き、左手で新を摑む。

この体は、二人に抱かれている。そして同時に、二人を抱いているのだ。

こんなに愛されることがあるだろうか。体だけでなく心までも満たす喜びに、和歩は頰を緩めた。どれだけ快楽に溺れても、二人と一緒なら本望だ。

「もう、いくっ……」

「俺も、出そう……」

初と新が競うように腰を揺らす。自由に暴れまわる熱に酔わされ、和歩は背をしならせた。

「いいぞ、ほら……」

二人を誘うように、窄まりが締まる。それぞれの欲望の形がくっきりと分かった。

「先生、入れてる時に乳首を弄られんの好きだよな」

差し出す形になった胸元に初が指を這わす。乳首を摘まれ、指で転がされるとじっとしていられない。勝手に腰が揺れる。

「あ、……好き、っ……もっと……」

乳首で感じる体だと和歩に教えたのも、この二人だ。責任をとらせてやろう。

「あとやっぱ、こっちも」

新の手は和歩の昂ぶりを掴み、絶頂へと導こうとする。根元から強く扱かれて、どぷりと体液が溢れた。

「っ、いいから、早く、……奥に出せっ……！」

自分の放った浅ましい台詞にまで興奮しながら、腰を回した。熱い昂ぶりが前立腺を擦って、和歩の息を止める。

「「うっ……」」

二人が同時に呻く。欲望がびくびく震えるタイミングまで一緒だ。それを感じながら、和歩も快感の頂点を目指して一気に駆け上がる。

「ん、出てるっ……」

体の深い部分に、熱が放たれた。同じタイミングに射精するのが彼らしい。

つられるようにして、和歩も達した。尿道を上がってくる体液の感触すら、心地よくてたまらない。終わらないくらいの長い放出に腰全体がじんじんと痺れる。

「……んんっ」

強引に後ろを向かされて、新の舌を口に突っ込まれた。反対側からは初も、唇の端を舐めてくる。

「はぁ、……」

三人で舌を絡め合う。興奮が収まらない。このまま二人を貪り続けたい。おさまらない欲望のまま、和歩は体を揺らした。もっと二人が欲しかった。


「おはようございます」

月曜日の朝、廊下を歩いている和歩の横に、新が並んだ。

「おはよう」

そう返すと、新の顔がぱぁっと音を立てて輝く。

三人で朝まで過ごし、日曜日もただれた時間を過ごした。あれから一週間、その間、新は遅刻も欠席もしていない。

新の顔からは曇《くも》りがとれ、よく笑うようになった。何か言いかけてもやめることもしなくなった。甘えることを覚えてしまい、隙を見ては抱きついてくるが、まあ許容範囲だ。

退学の意思も撤回し、進路も真面目に考え始めている。

「ほら、教室に入れ。俺より後に入ったら遅刻にするぞ」

「はい」

素直に新は教室の後ろドアから席につく。その背中はもう丸まっていない。

和歩は前のドアから教室へ入った。

「おはよう」

教壇に立ち、教室を見回した。おはようございます、と返ってくる声は、ここ最近、大きくなっている。いい傾向だ。

「——はい、じゃあ朝はここまで」

出席をとり、連絡事項もなかったので朝のホームルームを手短に終わらせた。出席簿を手に廊下へ出る。

一時間目は隣の二組で授業だ。職員室へ戻る時間がないので、ここで待つ。二組の担任が教室から出てきたので、出席簿を交換した。

一時間目開始のチャイムが鳴るのを壁際に立って待っていると、廊下を小走りでやってくる制服姿が目に入った。

「おはようございます」

初だった。この時間に彼が登校してくるのは、たぶん初めてだ。

「遅かったな」

「すみません。……寝坊しました」

そう答えた初の顔は、どこか晴れ晴れとしていた。彼もまた、ふっきれたのだろう。

「そうか。まあ、次は気をつけろよ」

誰にだって、寝坊する日くらいある。完璧な人間などどこにもいない。それが分かった分、初は強くなれるはずだ。

「はい。……じゃあ、昼休み、よろしくお願いします」

ほんの少しだけ口元を歪めた彼は、一礼して教室へと歩いていく。

昼休み、そして放課後と、初と新は時間があれば和歩を求めてくる。この週末も、彼らを部屋に呼び三人で体を重ねた。和歩の体はすっかり、二人を受けいれることに慣れ始めている。初と新も、お互いがしたいことをストレートに和歩へ求めてきた。

バランスをとりながら二人を競わせ、勝たせて負けさせるのは大変だけど、これも自分が選んだことなので後悔はしていない。

教室から廊下に顔を出した新と、自分の教室へ入る初。どちらも和歩のものだ。そう思ったら、体が内側から熱くなるのを感じる。

和歩は出席簿を抱きしめて深く息を吐いた。三人で過ごす昼休みが待ち遠しい。

放課後の偽双

直角三角形の中に円が二つある。高平新《たかひらあらた》は、じっとその図を眺めていた。

「――分かった」

円の真ん中から補助線を引く。改めて図を見ると、円と円の中心を結ぶ長さが直径だとすぐに理解できる。そこから先は難しくない。

「お、そういう解き方するのか」

正面に座っていた盛合和歩《もりあいかずほ》は、新の手元を覗《のぞ》き込んで唸《うな》った。

「それだと簡単じゃないか。お前、すごいな」

褒《ほ》められると気分がいい。新は上機嫌で答えを書き終えた。

金曜日、一度帰宅して着替えてから、和歩の家に来た。彼も帰宅したばかりらしく、学校と同じスーツ姿だ。

和歩の部屋は、高平家のリビングよりも狭いけど、とても居心地が良かった。勉強もはかどる気がする。

「これでいいだろ」

答えを和歩に見せる。

「ん、正解。よくできました」

そう言って頭を撫《な》でられた。子供扱《あつか》いは気に入らない。でもちょっと、……嬉しい。

「で、結局ここを第一志望にすんの？」

新の目の前にあった大学の過去問を和歩が手に取る。

「今のところは」

ここからさほど遠くない国立大学の理学部が、今のところ新の第一志望校だ。

「いいけどさ、お前ならもっと上を目指せるんじゃないの」

そう言って和歩は、過去問をあった位置に戻した。

「あと一年、真面目にやったら絶対に伸びるぞ」

担任教師の和歩が言うのだから、そうなのかもしれない。実際にこれまで言われた通りに勉強しただけで、成績は上がった。

「分かった。考えてみる」

新の答えに満足したのか、眼鏡奥の目が優しくなる。この瞬間が、新は好きだ。

「そうしろ。お前はやればできる」

新としてこんな風に褒められるのにはまだ慣れていないから、どうにもくすぐったい。

双子で競うことに疲れ、新も初《はじめ》も自分を見失った。壊れる前に自分たちは二人で理想的な息子である高平初を作りだし、演じた。そして同時に、二人で高平新も演じていたのだ。初より出来が悪くて、親にも逆らう役を。

その枠組みはもう壊れた。

これから高平新、という人間は、どうやって生きていくべきなのだろう。新にはまだ分からない。ただ自分に素直になって、やりたいことを探すだけだ。

「頑張《がんば》る。だから先生も教えて」

「俺もう、お前に教えられるとこないぞ」

和歩はそう言って、その場に寝転がった。

「なんでだよ。先生だろ」

「俺の担当は化学。数学はまだどうにかなるけど、英語は無理だ」

お手上げだと、肘《ひじ》を床についた和歩は、こちらを見て目をすっと細めた。途端にその清潔そうな容姿が色っぽくなる。

「あと教えられるのは、セックスくらいかな」

囁《ささや》くような声に背中に痺《しび》れが走る。じっとこちらを見つめてくる視線を必死で受け止め、余裕を装って言い返した。

「悪い先生だよな」

「ああ、そうだ。悪い先生は、双子の兄弟を食べてる」

わざとらしく舌で唇を舐めて、和歩が顔を近づけてきた。

金曜日の夜は、生徒会の会議がある初が来るまでの間、二人きりになれる。貴重な時間だから本当は和歩を抱きしめて押し倒したいのだけど、こっちがねだると拒まれるから勉強していた。そうすると勝手に焦《じ》れた和歩から誘ってくることも学習した。

「今は俺だけだよ」

唇がぎりぎり触れ合う前にそう言った。吐息が唇にかかる。そっと和歩の眼鏡を外した。

「そうだな。……今は、な」

含み笑いと共に唇を押しつけられた。すぐに舌が入ってきて、勝手に口内を暴れまわる。慣れたキスが、彼の経験を教えてくれた。ちくりと胸が痛んだことには目を瞑《つむ》る。この瞬間、自分の腕の中にいてくれればそれでいい。

舌先を絡め、上唇を吸う。和歩の腕が首筋に回り、口づけが深くなった。

「ん、……キスはまだ、初の方がうまいな」

唇を離してすぐ、和歩は新の目を見て口角を上げた。

この人は時々、こうして自分たちを試すような発言をする。それが何を意味しているのかはなんとなく分かるから、簡単に反応したくはないと思うけど、煽《あお》られてしまうのもまた事実だ。

「じゃあ俺は何がうまいの？」

和歩の背に腕を回して引き寄せる。机にぶつからないようにその場へ組み敷くと、眉を寄せられた。

「ここだと背中が痛いんだけど」

「じゃあベッド行く？　それとも俺の上に乗る？」

どっちでもいいけど、早く決めて欲しい。そう思いながらじっと目を見つめる。

「……お前が床に寝ろ」

和歩はこの場で続行を選んだ。新は体を入れ替えると、床に寝転がる。

「さて、かわいがってあげようか」

余裕のある仕草で伸《の》し掛かってきた和歩に体を任せるべく、目を閉じた。首筋に齧《かじ》りつかれ、胸元を手が這《は》う。腹筋を指でなぞられるとくすぐったい。

「——なんだよ、もうこんなに大きくしてるのか」

下着を脱がされたかと思えばそんなことを言われた。

「好きな相手に触られてんだから当り前だろ」

そう返すと、和歩の手が一瞬止まる。薄く目を開けると、頰《ほお》を赤くした姿が目に入る。

和歩はストレートな告白に弱い。

そう気がついてから、あまり言わないようにした。安売りは禁物だ。慣れられたら困る。

「そうか、うん、そうだな」

納得したように言い、和歩は新の昂《たか》ぶりを手のひらで包む。

「俺がしてるから、こんな風になったのか」

「っ……、そうに決まってるだろ」

緩《ゆる》く扱《しご》かれただけで、腰を跳《は》ねあげてしまいそうになる。

「かわいいこと言うな、お前。……じゃあまあ、気持ち良くしてやるよ」

「……っ」

性器の先端を温かいものに包まれ、たまらず新は声を上げた。舌先が窪《くぼ》みを擦《こす》る。段差を確認するみたいに辿《たど》られ、根元を扱かれて、一気に体が熱くなった。

「っ、あ……」

目眩《めまい》がする。荒い呼吸をしながら、与えられる快感に夢中で腰を振った。苦しそうな声を上げる和歩の頭に手を置き、滅茶苦茶《めちゃくちゃ》に髪を乱す。

「ん、もういい、かな」

口元を手の甲で拭った和歩が膝《ひざ》立ちになり、棚に手を伸ばした。そこにローションとゴムが入っているのは知っている。

「なあ、先生の準備、俺にさせて」

手をついて上半身を起こす。いいだろ、と下から覗きこむと、和歩の体から力が抜けた。それを了承と解釈して、ローションのボトルを手にとる。

「脱いでよ」

冷たい液体を指に馴染《まじ》ませながらそう言うと、和歩はネクタイを外し、シャツの前を開いてから、スラックスごと下着を脱いだ。

「これでいいか」

ぶっきらぼうな言い方は、照れ隠しだと知っている。答える代わりに、新は和歩を自分に跨《また》がらせた。

「あっ……」

湿った手で尻を撫でまわし、息づくそこの表面に触れる。そっと忍ばせた指はわずかな抵抗にあったけれど、気にせず突き入れた。

「……っ……」

びくっと震えた体を観察しながら、指を進める。中を探り、潤《うるお》していく内に、和歩から力が抜けていく。

抱く側だったと聞いてはいるけれど、それで満足できていたのか疑問だ。だってこの体は、ひどくいやらしい。抱かれるためにあるんじゃないかと思うくらいだ。

「新……」

甘えるような声に体温が上がる。何か言いたげな唇を塞《ふさ》ぎ、指の数を増やした。悲鳴じみた声は新の口内へ消えた。

揃《そろ》えた指を、締めつけを楽しむように出し入れする。和歩が体を揺らし、お互いの性器が触れ合った。

「もう、来いよ……」

かすれた声で誘われ、焦らす余裕なんてなかった。昂ぶりを宛《あて》がい、無言で挿入する。

「あ、うっ……」

熱い。きつい。性器に感じる衝撃は、すぐに快感へと変わる。体の意識がすべてそこへ向かってしまうのを堪え、ゆっくりと腰を進めた。

「くっ……」

「……あ、ああっ」

奥まで埋めた瞬間、和歩が悩ましい声を上げてのけぞった。小刻みな腰の動きに射精したのかと目をやるが、彼の昂ぶりは硬度を保っている。

「もういきそう？」

そう声をかけると、耳まで赤くした和歩に至近距離で睨《にら》まれた。

「うるさい」

「事実だろ。ほんと、先生って時々すごくかわいい」

「かわいい？　どこがだ」

露骨にいやそうな顔をする、和歩に手を伸ばした。

年上の担任教師。新と初をそれぞれ認め、だからこそ競わせようとする人。新が、そして初が好きになった人。

独り占めしたい。自分だけのものにしたい。知らなかった感情が体の中を暴れまわり、それを落ち着かせるために新は静かに息を吐いた。

幼い頃からずっと、初と分け合って生きてきた。周りの大人の都合で競い合わされてきたけれど、同じものを奪い合うまではいかなかった。その必要性を感じなかったのだ。どれもそんなに、大切なものではなかったから。

先に和歩を好きになったのは、新ではなくて初だ。高平新の担任として顔を合わせた時から、初は和歩を気にしていた。

『真面目そうだけど、影があって何か隠している感じがするんだよ』

言われてみるとその通りだった。教壇に立つ真面目な教師は、時々ひどくいやらしい顔をする。それが正体なら暴いてみたいと、初と話したこともある。

ある日、遊びに出ていた初が興奮気味に帰って来た。家にいた新も体が熱かったので、何かあったのだろうと聞いたのは当然だ。すると初は『盛合先生とやった』と答えた。最中の写真も見せられた。

ずるい。初めてそう思った。なんで初なのか。口にしかけた言葉は、だけど発せずに飲み込んだ。

初に対して、好きとか嫌いとか、そんな他人行儀な感情を抱いたことはない。これからも抱く必要はないだろう。ただ自分たちは、同じことをしなくてもいいこと、優等生を演じなくていいことを知った。それだけだ。

「……なんだよ、もうやってんの」

初の声に顔を上げる。玄関で靴を脱いだ初が、こちらに近づいてくる。

「ああ、……来たのか」

緩く腰を回しながら、和歩が初に顔を向けた。

「どこ見てんの」

和歩の顔をこちらに向け、唇を奪う。視界の隅で、初が和歩に手を伸ばすのが見えた。

「んんっ」

急にきつく締めつけられ、目の前が歪《ゆが》む。何が起こったのかと和歩を見ると、初に乳首を摘《つ》まれていた。

「挿《い》れられてる時だと感じるよね、先生」

それだけ言って手を離した初は、新を見て口角を上げた。

「ほら、先生を喜ばせてやれよ」

「言われなくたって分かってる」

ぶつかる視線が熱を持つ。

負ける気はない。ただどこかで分かってもいる。和歩はきっと、どちらも選ばない。彼は二人に愛されたいと願っているのだから。

愛に飢えているのは、自分たちより和歩かもしれない。そう考えながら、新は体を揺らした。自分の動きに合わせて跳ねる和歩が、たまらなく愛しかった。

あとがき

はじめまして、またはこんにちは。花丸文庫ＢＬＡＣＫさんではエロい双子が出てくる複数物を多めに書いております、藍生有《あいおゆう》と申します。

この度は「偽双《ぎそう》の補助線」を手にとっていただき、どうもありがとうございます。

エロ双子第二シーズンも二作目となりました。今回は原点に戻った感じの攻双子です。制服万歳。

そして制服には白衣ですよね。私は先生受が好きなのでよく書くのですが、和歩は性格が攻っぽいのでとても新鮮でした。これからも彼にはトップブリーダーを目指してもらいたいです。

個人的にとても書きたかった、体育倉庫にあるあれを使ったプレイを書けて満足です。これから皆さんもあれを見かけたらカウントにぜひお使いください！

イラストの山田《やまだ》シロ先生、お忙しい中、ややっこしい設定の双子を格好良く描いてくださったことに感謝いたします。ラフを拝見した時、攻双子の制服姿、特に腰骨が最高でした……！　和歩《かずほ》も色気があってたまらないです。

個人的には体育倉庫のシーンのイラストがもう、あれまで描いていただけて本当に感動しました。素敵な三人をどうもありがとうございました。

担当様。いつもBLACK牧場に放牧ありがとうございます。今回も迷子になって多大なご迷惑をおかけいたしました。本当に申し訳ありませんでした。これ以上のお手数をかけないように頑張りますので、これからも牧場での放し飼いをお願いいたします。

花丸BLACKさんで次にお会いできるのは、たぶんエロ双子になると思います。お見かけの際は、ぜひ手にとってやってください。

最後になってしまいましたが、この本を読んでくださった皆様に深くお礼を申し上げます。

細々とではありますが、同人誌活動もしております。興味を持たれた方は、返信用封筒を同封の上でお問い合わせください。

ご意見・ご感想などもお寄せいただけると幸せです。

それでは、またお会いできることを祈りつつ。

二〇一四年　一月

藍生　有

http://www.romanticdrastic.jp/

作家・イラストレーターの先生方へのファンレター・感想・ご意見などは
〒101-0063東京都千代田区神田淡路町2-2-2
白泉社花丸編集部気付でお送り下さい。
編集部へのご意見・ご希望などもお待ちしております。
白泉社のホームページはhttp://www.hakusensha.co.jpです。

花丸文庫 BLACK

偽《ぎ》双《そう》の補助線

2014年2月25日　初版発行

著　者　藍生 有 ©Yuu Aio 2014

発行人　酒井俊朗

発行所　株式会社白泉社
〒101-0063 東京都千代田区神田淡路町2-2-2
電話 03(3526)8070[編集]
電話 03(3526)8010[販売]
電話 03(3526)8020[制作]

印刷・製本　株式会社廣済堂
Printed in Japan　HAKUSENSHA
ISBN978-4-592-85119-6

定価はカバーに表示してあります。